朵貝・楊笙經典童話 5

MOOMIN

姆米的冬季探險

Trollvinter

朵貝・楊笙｜Tove Jansson
李斯毅 譯

目次

登場人物介紹

姆米托魯 Moomintroll

姆米故事的主角，對任何事物都充滿好奇心。姆米托魯喜歡在大海游泳、蒐集貝殼，以及和朋友到未知的地方探險。

姆米媽媽 Moominmamma

溫柔又慈祥的母親，是姆米一家的中心。對於所有造訪姆米家的客人都溫暖的迎接他們。

姆米爸爸 Moominpappa

姆米家的父親，喜好哲學思想。雖然嚮往著獨自流浪，但是對姆米爸爸而言，保護家人是他最重大的責任。

米妮 Little My

姆米一家收養的孩子。米妮頑皮搗蛋，喜愛災禍與惡作劇，但也總是最能夠洞悉事情真相。

杜滴滴 Too-Ticky

冬天時居住在海水浴場更衣室的女孩，與一群隱形老鼠為伴。當姆米托魯從冬眠醒來時，是杜滴滴教導他如何與冬季的萬物相處。

老祖先 The Ancestor

姆米一族的老祖先，原本住在更衣室的衣櫃，被姆米托魯驚醒後改成定居於姆米家的大壁爐裡。

The Groke 莫蘭

冰冷又灰暗，看起來就像是一團冰塊。莫蘭喜歡靠近溫暖的火把，並一屁股坐上去。凡是她坐過的地方，花草都會枯萎，只留下一片冰霜。

The Hemulen 亨姆廉先生

在冬季時出現於姆米谷的亨姆廉家族成員。有著豪邁的性格，總是吹著響亮的號角，並熱心的想要指導姆米托魯滑雪。

Sorry-oo 抱歉狗

膽小而孤獨的狗兒，每晚對著遠方的山嚎叫，嚮往著和狼群一起生活。

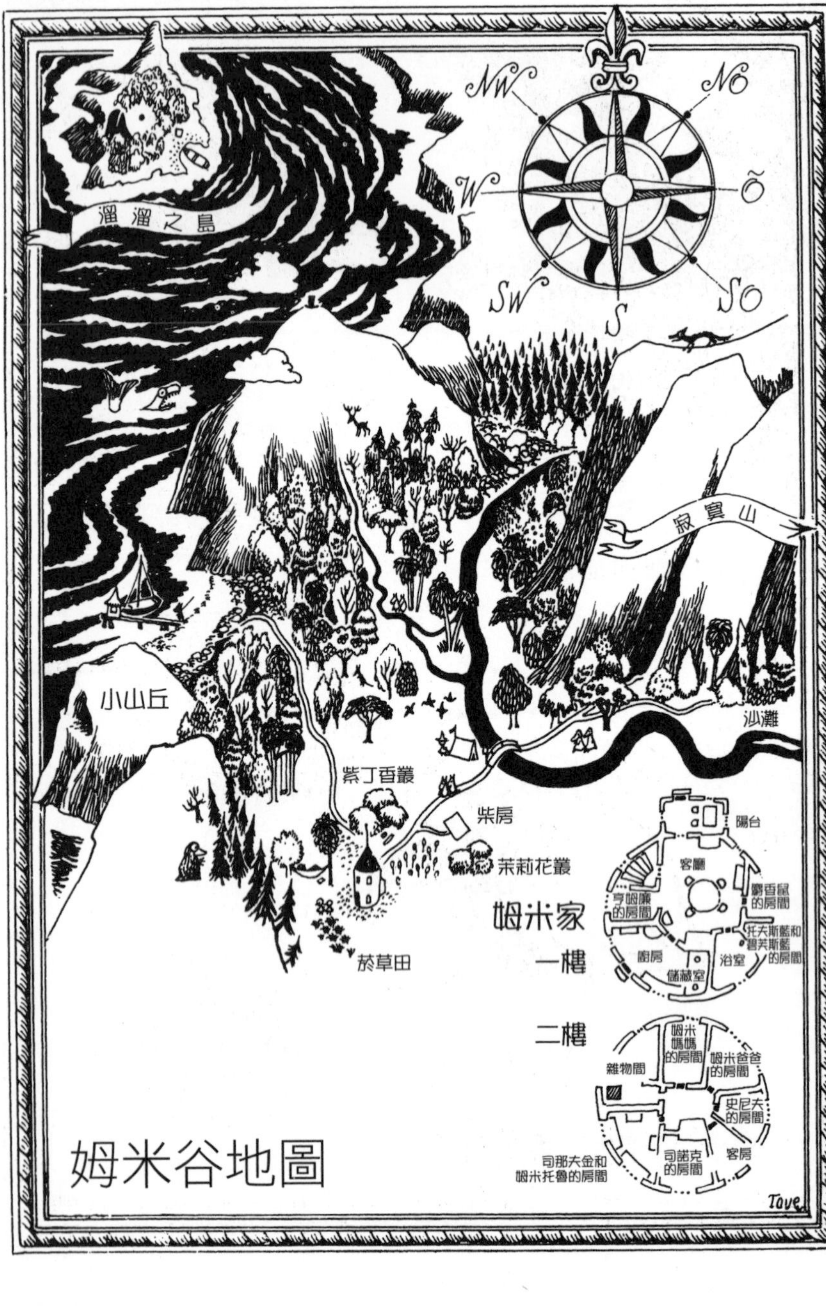
NW
NO
W
Õ
SW
S
SO
溜溜之島
寂寞山
小山丘
沙灘
紫丁香叢
柴房
茉莉花叢
菸草田
陽台
客廳
麝香鼠的房間
亨姆廉的房間
姆米家
托夫斯藍和碧芙斯藍的房間
廚房
浴室
儲藏室
一樓
二樓
姆米媽媽的房間
姆米爸爸的房間
雜物間
史尼夫的房間
司諾克的房間
客房
司那夫金和姆米托魯的房間
姆米谷地圖
Tove

寂寞山
山洞
NW
NO
W
Ö
SW
SO
S
冬天的姆米谷
tove

第一章

埋在雪中的家園

天色近乎一片漆黑，月光照在雪地上，映出明亮的藍色。

大海在冰層下沉沉熟睡，小動物也全都在地底的家中安穩冬眠，等待春天來臨。但此刻離春天還很遙遠，因為大夥兒才剛迎接完新年的到來。

姆米谷的山腳下，有一棟深埋在白雪中的房子。它看起來十分孤單，說是房屋，其實比較像厚厚的大雪堆。小屋不遠處流著小河，煤炭般漆黑的河流夾在冰岸之間，湍急的激流令它即使在冬天也依然潺潺不絕。橋上的積雪沒有留下任何一個腳印，也沒有人碰觸過房子周圍的雪堆。

相較之下，屋內溫暖又舒適。地下室的中央暖爐裡，成堆的煤塊靜靜的燃燒著。月光有時會從窗戶照進客廳，投射在沙發的白色防塵罩和水晶吊燈的白色紗罩上。姆米一家人圍在客廳裡的陶製大壁爐旁，進行著漫長的冬眠。

十一月到隔年的四月是姆米的冬眠時間。老祖宗就是以這種方式度過漫漫寒冬，姆米一家人也遵循傳統。冬眠開始前，姆米一家人會先享用豐盛的松葉大餐，這也和祖先的習慣相同。之後，他們會在床邊擺放各種用品，例如鏟子、生火用的聚焦鏡和感光片，以及測風儀等等，以備春天來臨時使用。

屋內一片寂靜，也夾雜著對春天的期盼。

他們偶爾在睡夢中發出輕聲嘆息，或是蜷縮起身子繼續熟睡。

月光從窗外映射在搖椅上，慢慢移往餐桌，最後越過了床尾的黃銅欄杆，直接照在姆米托魯熟睡的臉龐。

這時，一件前所未見的事情發生了：姆米托魯竟然睜開了眼睛，再也無法繼續入眠。這是姆米冬眠時從來不曾有過的情況。

他注視著月光和凝結在窗玻璃上的雪花，聆聽著地下室中央暖爐燃燒煤塊的聲音，意識越來越清醒，並且不安了起來。最後他決定爬出被窩，輕聲走到姆米媽媽的床邊。

姆米托魯輕輕拉扯了姆米媽媽的耳朵，但是她並未醒來，只是又蜷起身子，不理會姆米托魯的求救。

「如果我連媽媽都叫不醒，其他人就更不用說了。」姆米托魯心想，獨自在變得陌生又神祕的屋子裡走來走去。所有時鐘都停擺，物品上頭也積著薄薄的灰塵。十一月進入冬眠前享用的松葉大餐，當時的餐具還擺在桌上，白色紗罩下的水晶吊燈正發出輕微的叮叮聲響。

姆米托魯頓時感到萬分恐懼，在照進屋內的月光旁停下了腳步。他顯得非常孤單。

「媽媽，快點起床！」姆米托魯驚慌的大喊：「全世界好像都變了樣！」他跑回姆米媽媽的床邊，用力拉扯她的棉被。

姆米媽媽依然沒有醒過來。她正夢見陽光燦爛的夏天，雖然夢境受到了干擾，但是她沒有睜開眼睛。姆米托魯無可奈何，只好躺到姆米媽媽的床墊上，蜷縮起身子，等待漫長的冬夜結束。

*

天色漸亮，屋頂上的積雪開始融化。起初先滑落一些，接著下定決心似的從屋簷掉落在地面，發出柔軟的重擊聲。

所有的窗戶都埋在雪堆中，只剩下一道微弱的灰色光線勉強照進屋裡。在朦朧的照明下，客廳裡的一切顯得更不真實，彷彿深埋在地底下。

姆米托魯豎起耳朵靜靜聆聽。過了一會兒，他才點燃小夜燈，走到矮櫃前方，打開抽屜，拿起司那夫金留下的「春之信」。這封信和其他信件一起收納在由海泡石做成的玩具火車下方，內容也和司那夫金每年十月啟程前往南方時所留下的一樣。

姆米托魯用他大大圓圓的手拿著信。開頭就是司那夫金的道別語，內容則相當簡短：

再見了！

好好睡一覺，養足精神。當溫暖的春天來臨，我就會再次回來。到時候再一起蓋水壩，不可以自己先開始喔！

司那夫金

姆米托魯反覆讀了好幾次，突然覺得肚子有點餓。

他走進廚房，這裡也像是掩埋在好幾公里深的地底般冷清又空曠。放食物的櫥櫃裡除了一瓶過期的洛甘莓果汁和半包積了灰塵的餅乾外，什麼也沒有。

姆米托魯隨意躲進廚房的桌子底下，開始吃起食物，同時又拿出司那夫金的信再讀一遍。

讀完信之後，他躺在廚房地板上伸了個懶腰，盯著桌子底下的方型木櫃。廚房裡一片寧靜無聲。

「再見了！」姆米托魯低聲複誦：「好好睡一覺，養足精神。當溫暖的春天來臨，」他的音量漸漸放大，最後卯足了勁兒放聲高唱：「你就會再次回來！你一定會再回到這個地方！春天馬上就要來了，天氣會變得溫暖又舒服，我們會在此重聚，一起享受美好的春天，一年又一年……」

姆米托魯突然閉上了嘴，他發現流理台下方有雙眼睛正盯著他看。

姆米托魯也望了回去，廚房裡依舊安靜無聲。躲在流理台下方的眼睛轉眼間消失無蹤。

「等一等！」姆米托魯焦急的大喊。他爬向流理台，溫柔的說：「拜託你出來好嗎？你別害怕，我是好孩子，絕對不會欺負你。請你出來……」

流理台下方的陌生人沒有現身。於是姆米托魯在廚房地板上撒了些餅乾碎片，還倒了點洛甘莓果汁。

姆米托魯回到客廳，天花板上的水晶吊燈發出寂寥的叮叮聲響迎接他。

「我要走了！」姆米托魯對著水晶吊燈堅定的說：「我受夠你們了！我決定去南方尋找司那夫金！」他走向門口試著打開門，卻發現大門早已被冰雪封住。

姆米托魯邊抱怨邊奔跑，一扇接著一扇的試圖打開窗戶，但是也全都封死了。寂寞的姆米托魯最後爬上閣

樓，推開用來打掃煙囪的天窗，爬到屋頂上。

屋外的冷空氣瞬間包圍住他。

姆米托魯冷得喘不過氣，一不小心就從屋頂上滾落下去。

就這樣，無助的姆米托魯闖進了奇怪又危險的冰封世界，他頭一次體驗到雪花飄落在耳朵上。冰冷的觸感刺痛了姆米托魯細緻的皮膚，同時，他也聞到一種陌生的味道。那是他從未聞過的強烈氣味，感覺有些可怕。不過這味道讓姆米托魯更加清醒，也點燃了他的好奇心。

整座姆米谷籠罩在灰濛濛的微光中，原本蒼翠的樹木與草原都消失了，只剩下一片白色。山谷裡原本活蹦亂跳的傢伙也不見蹤影，沒有任何生命的氣息。其他有稜有角的東西，此刻都在白雪包覆下變得圓滑。

「這就是『雪』吧！」姆米托魯心想：「我以前聽媽媽說過，這種東西叫作『雪』！」

不知不覺間，姆米托魯光滑的皮膚上開始長出些許絨毛。這些絨毛會慢慢長成能在冬季裡抵禦嚴寒的毛皮，但是可能還要經過好一段時間才會完全長齊。無論如何，這是一個開端，也是對姆米托魯有益的變化。

姆米托魯在雪中吃力的往前走，來到了河邊。夏天時，這條穿過姆米家花園的小河清澈又湍急。現在，河水卻完全變了樣，不僅漆黑暗沉，水流也顯得無精打采。它就像是這個冷冰冰的新世界，讓姆米托魯徹底的感到陌生。

為了讓自己安心一點，姆米托魯先望向小河上方的木橋，又將視線轉向信箱，這些東西確實還與他記憶中的模樣有幾分神似。他輕輕打開信箱的小門，裡頭一封信也沒

有，只有一片枯萎的樹葉，上頭也沒有任何文字。

姆米托魯漸漸習慣起冬天的氣味，也不再感到新鮮有趣了。

他看著只剩下一堆亂七八糟的枯枝彼此糾結的茉莉花叢，心想：「茉莉花一定已經死了。當我冬眠的時候，全世界都死掉了！這個世界一定是被某個我不認識的壞人占領，也許是莫蘭搞的鬼！這裡已經不適合姆米居住了。」

姆米托魯遲疑了一會兒，最後還是覺得，如果全世界都在沉睡，只有他一個人醒著，那才是最可怕的。

於是，姆米托魯第一次踏上了姆米家外頭的平整雪地，走過木橋，一路朝向山坡那頭前去。他留下的腳印很小，但是堅定的穿過森林，往南方直直前進。

第二章

中了魔咒的浴場更衣室

在姆米谷遙遠的西邊，靠近海邊的地方，年輕的小松鼠正漫無目的的在雪地上活蹦亂跳。他的腦袋不太靈光，認為自己是「尾巴最美麗的松鼠」。

事實上，小松鼠從來不思考任何事情，大部分只憑感覺行事。最近他覺得自己家裡的床墊好像變硬了，決定出門尋找新的床墊。

小松鼠嘴裡不斷念著：「新床墊、新床墊。」這麼一來，他才不會忘記自己出門的目的。小松鼠總是非常健忘。

他整路跑跑跳跳，一下子在樹林間鑽來鑽去，接著又跳到海邊的浮冰上，有時還將鼻子埋進雪中發呆，偶爾抬頭仰望天空，才又繼續往前蹦跳。

小松鼠來到小山丘的洞穴旁，不假思索的跳了進去。新環境移轉了他的注意力，他馬上就將尋找新床墊的事忘得一乾二淨。小松鼠一屁股坐在自己的尾巴上，思考著大家是不是應該要稱他為「鬍鬚最漂亮的松鼠」。

洞穴的入口處積著厚厚的雪，積雪的後方，有人在地面上鋪滿了稻草，巨大的厚紙板箱擺在上頭，蓋子微微開了一角。

「真是奇怪！」小松鼠驚訝的大聲說道：「我記得這裡以前沒有紙箱啊！這紙箱一定有問題！不然就是這個山洞有問題！再不然就是我這隻小松鼠有問題！不過，我不喜歡第三種可能性。」

他微微拉開紙箱的蓋子，探頭窺探。

紙箱裡非常溫暖，箱底似乎還鋪著某種柔軟舒服的東西。這個時候，小松鼠才又想起了他的床墊。於是他用小而尖銳的牙齒咬了一小段那柔軟物，拉出紙箱外，原來是溫暖蓬鬆的羊毛線。

他拉出一段又一段的羊毛線，多到他的雙手雙腳都抱不住了。小松鼠這時感到既滿足又開心。

這時，好像有什麼東西試圖咬住小松鼠的手，他就像觸了電一樣，遠遠跳開紙箱邊。他呆愣了好一會兒，最後恐懼還是輸給了好奇心。

小松鼠挖空一角的毛線堆裡，一顆憤怒又毛躁的頭冒了出來。

「是你在搗亂嗎？你這個臭傢伙！」米妮生氣的大罵。

「我、我不知道……」小松鼠結結巴巴的回答。

「你不但吵醒我，」米妮繼續痛罵小松鼠：「還吃了我的半個被窩！你最好解釋清楚！」

可憐的小松鼠因為驚嚇過度，頓時又忘了他只是想找新床墊的事。

米妮不屑的哼了一聲，接著爬出紙箱。由於米寶姊姊仍在睡夢中，米妮在離開之前不忘蓋好蓋子。她跑到洞穴的出口處，摸了摸布滿白雪的地面。

「原來這就是雪啊？」米妮自言自語著：「人們怎麼會想要變出這麼好笑的東西呢？」她抓起雪揉成一顆雪球，第一發就擊中小松鼠的腦

袋。接著她跳出洞穴外，準備出發占領冬天。

米妮率先挑戰從結冰的峭壁往下溜，結果一屁股重重摔在地上。

「好傢伙！」米妮火冒三丈的說：「冬天該不會以為這樣就會讓我知難而退吧？」

她想到自己四腳朝天飛過空中的模樣，忍不住暗自發笑。她望著剛剛滑下來的峭壁和旁邊的山坡，沉思了一會兒。「好！我來試試看這個！」她說完便跳上平滑的冰面，拐彎滑行。

她又繼續滑了六趟，直到肚子變得冷颼颼。

米妮回到洞裡，將熟睡中的米寶姊姊倒出紙箱。儘管米妮從沒看過平底雪橇，但是她直覺認為可以利用這東西在雪地上好好玩一玩。

至於小松鼠呢，此刻他呆坐在樹林裡，茫然的看看這棵樹，又看看那棵樹。

他完全忘了自己原本住在哪棵樹上，也想不起自己當初出門的目的。

＊

姆米托魯仍吃力的往南方前進，他還沒走多遠，夜晚就悄悄降臨。

他的每個步伐都深陷在積雪中。現在，他已經不認為在雪地裡行走是件有趣的事了。

森林裡一片寂靜無聲，只除了大片積雪偶爾從樹梢上掉落時發出的聲響。樹枝在擺脫積雪時會晃動一會兒，不久又回歸靜止。

「整個世界都睡著了。」姆米托魯心想：「只有我還醒著，而且睡不著。我只能不停的流浪，日復一日、週復一週，直到我也成為一團積雪為止。到時候甚至不會有人知道我已經變成了雪堆。」

接著，姆米托魯行走的樹林小徑延展開來，眼前出現了另一座山谷，山谷的對面就是寂寞山，山峰一波接一波的往南方綿延而去，看起來比平時更加孤單。

姆米托魯開始覺得寒冷。夜色從山峰間的凹處現身，慢慢籠罩住冰冷的山脊。白色積雪在山脊上，看起來像是黑色山脈露出閃閃發光的獠牙，白色與黑色，讓一切顯得異常寂寥。

「司那夫金就在山的另一頭！」姆米托魯對自己說：「他現在一定是坐在陽光下，剝著柳橙。要是司那夫金知道我將爬過這座山去見他，我就能勇往直前。但是我現在孤身一人，根本辦不到。」

姆米托魯轉過身，循著自己來時的足跡往回走。

「我要替家裡所有的時鐘上緊發條！」姆米托魯心想：「這麼一來，或許能讓春天早一點到來！還有，如果我摔破東西的話，或許也可以吵醒誰。」

但是他心底深處十分明白，根本不會有人醒來。

突然間，奇妙的事發生了。雪地上有一排小小的足跡，橫跨過自己先前留下的腳印。他停下腳步，盯著小小的腳印好一會兒。有個傢伙也走過森林，甚至可能是不到半個鐘頭前的事。那個人應該還沒有走遠。腳印朝姆米谷的方向而去，而且只是淺淺踏進雪中，顯然足跡的主人比姆米托魯嬌小許多。

姆米托魯內心一陣激動，從耳朵到尾巴都興奮得發熱。

「等等我啊！」姆米托魯大喊：「不要留下我獨自一人！」他跌跌撞撞的走在雪地中，忍不住發出小小的低啜聲，黑暗與孤獨帶來的恐懼瞬間包圍住他。也許這股恐懼感早在姆米托魯獨自醒來時就已經存在了，只不過一直隱藏在心底，直到現在他才敢真正的害怕。

姆米托魯停止了呼叫，他忽然擔心起若是沒人回應，那該有多恐怖。他也沒有勇氣抬起頭，視線緊緊盯著夜色中變得難以辨識的足跡。他在雪地蹣跚前進，心裡暗自啜泣。

就在這時候，姆米托魯看見一絲火光。

雖然相當微小，卻讓整座森林都充滿了溫和而火紅的暖意。

姆米托魯的心情這時才平靜下來，他不再低頭追蹤足跡，而是直直的往火光走去。最後，他發現那只是一根插在雪地裡的蠟燭，四周還圍了一圈由雪球捏成的圓錐，看起來就像是一間間迷你小屋。火光映照在雪錐上，染成一片橙黃色，宛如家裡的小夜燈。

雪錐的另一側有個看起來很舒適的小坑，有個傢伙正躺在坑裡欣賞寧靜的冬季夜空，輕輕吹著口哨。

「請問妳在吹什麼歌？」姆米托魯好奇的問。

「這是我自己寫的歌。」躺在坑裡的人回答姆米托魯：「這首歌描寫杜滴滴堆了雪燈籠，不過副歌的部分則是在說其他事。」

「原來如此，我懂了。」姆米托魯一屁股坐到雪地上。

「才怪！你根本不懂！」杜滴滴得意的表示。她從坑裡坐起身子，好讓姆米托魯看見她身上穿的紅白條紋毛衣，「副歌描述的是一般人無法明白的事情。比方說，北極的極光。你根本不知道極光是否真的存在，或只是看起來好像存在。所有的一切都是不確定的，但這樣反而讓我安心。」

杜滴滴說完又躺回坑裡，繼續欣賞天空。天空現在是一片漆黑。

姆米托魯也學杜滴滴仰起頭，凝望著北方閃爍的光點。或許他是史上第一個看見極光的姆米。極光是白色和藍色，另外還帶點綠色的光，看起來像是在空中翻飛的簾幕。

「我認為極光是真的存在。」姆米托魯說。

杜滴滴沒有回答。她爬到雪燈籠旁邊，拿起插在雪地裡的蠟燭。

「我們還是將蠟燭帶回家吧！」杜滴滴說：「免得莫蘭出現後，一屁股坐到蠟燭上。」

姆米托魯默默的點頭。他曾經遇過莫蘭一次，在很久很久以前某個八月天的晚上。莫蘭冰冷又灰暗，看起來就像是一團冰塊。當時莫蘭坐在紫丁香花叢的陰影下看著姆米托魯，雖然她什麼也沒做，卻讓姆米托魯毛骨悚然。當莫蘭離開之後，她坐過的地方留下一片白茫茫的冰霜。

姆米托魯突然有個奇妙的想法：冬天之所以冰天雪地，是因為有一萬個莫蘭同時坐在地上又離開。姆米托魯決定等自己再更熟悉杜滴滴一點後，才與她分享這個有趣的猜測。

在他們返回姆米谷的途中，四周彷彿變亮了些。姆米托魯抬頭一看，原來是月亮升上來了。

姆米家矗立在木橋的另一頭，整棟房子陷入沉眠。杜滴滴沒有打算過橋，她突然走往西邊，抄捷徑穿越過現在變得光禿禿的果園。

「去年秋天的時候，這裡有很多蘋果。」姆米托魯試著與杜滴滴攀談。

「現在這裡有很多雪。」杜滴滴冷淡的回了一句，沒有停下腳步。

他們來到海邊，此刻的大海變成了一面巨大又無趣的黑布。兩人小心翼翼的走過狹窄的碼頭，來到姆米家的浴場更衣室。

「我以前都會來這裡潛水。」姆米托魯看著突出於冰面上、乾枯殘破的蘆葦，輕聲說道：「以前海水很溫暖，我可以不需要換氣，在水底連續划九下。」

杜滴滴打開浴場更衣室的門，直接走了進去，將蠟燭放在裡頭的圓桌上。圓桌是姆米爸爸好久以前從海面上撿回來的。

八角型的浴場更衣室還是和以前一樣，黃色木板牆上有著幾個小洞，窗戶上也依舊鑲著小小的紅色與綠色玻璃。窄小的板凳以及牆邊的櫥櫃都還在。櫥櫃裡收納著泳衣，還有一個洩氣的亨姆廉造型游泳圈。

儘管浴場更衣室裡的一切都與夏天時無異，此刻卻瀰漫著相當神祕的氛圍。

杜滴滴一脫下帽子，她的帽子就自動爬到牆壁，並

且乖乖掛在掛鉤上。

「我也想要一頂這樣的帽子！」姆米托魯羨慕的說。

「你根本不需要帽子。」杜滴滴說：「你只要動動耳朵就可以保暖了。但是，你的腳應該很冷吧？」

杜滴滴才說完，馬上就有一雙毛襪從地板那頭走過來，停在姆米托魯的腳前。同時，更衣室角落的三腳鐵爐突然點起了爐火，圓桌底下也傳出小心翼翼的長笛吹奏聲。

「他很害羞，」杜滴滴向姆米托魯說明：「所以只敢躲在桌子底下吹長笛。」

「為什麼他不願意露臉呢？」姆米托魯問。

「他們實在太過害羞，於是就變成透明的了。」杜滴滴解釋：「他們其實是八隻小老鼠，和我一起住在這間屋子裡。」

「這裡是我爸爸特別蓋的浴場更衣室耶！」姆米托魯表示。

杜滴滴一臉嚴肅的望著他。「你說的話可能沒錯，但也可能不對。」她說：「夏天時，這裡確實是屬於你爸爸的，但是冬天的時候，這裡就是我杜滴滴的家。」

火爐上的鍋子開始沸騰。鍋蓋打開，湯匙伸入鍋裡攪拌了一會兒，另一根湯匙盛了點鹽巴撒進湯裡。大功告成後，湯匙又回到窗台上，排列得整整齊齊。

外面的天氣在入夜後變得更加刺骨，月色靜靜的映照在紅色與綠色的窗玻璃上。

「可不可以告訴我關於雪的事情呢？」姆米托魯坐在姆米爸爸那張因長期曝晒於陽光下而褪色的藤椅上，輕聲問道：「我根本不了解雪是什麼。」

「我也不了解。」杜滴滴表示：「你以為雪很冰冷，但如果你用雪蓋出一棟雪屋，裡面卻很暖和。你以為雪是白色的，但它有時看起來是粉紅色，有時則是藍色。雪可以比任何東西都來得柔軟，也可以變得比石頭還硬。雪的一切都是不確定的。」

一碗熱騰騰的魚湯騰空飛來，穩穩落在姆米托魯面前的桌上。

「妳的老鼠朋友在哪裡學會飛行的？」姆米托魯問。

「這個嘛，」杜滴滴回答：「你最好不要一直追問別人的事情。老鼠也許希望保留一點隱私。你也不必太掛念他們，以及外面的白雪。」

姆米托魯只好默默的低頭喝湯。

當他瞥見牆角邊的櫥櫃時，突然想到，如果自己的舊浴袍還掛在裡頭的話那就太好了。在充斥著全然陌生又令人不安的事物裡，如果能看見自己熟悉的東西，確實是一種安慰。姆米托魯記得他的浴袍是藍色的，雖然專屬衣架已經不見了，但是左邊口袋裡應該還放著一副太陽眼鏡。

過了一會兒，姆米托魯終於對杜滴滴說：「我們通常都把浴袍收

在那個櫥櫃裡，我媽媽的浴袍掛在最裡面。」

杜滴滴伸手接過一個騰空飄來的三明治。「謝謝！」杜滴滴對隱形老鼠說完，轉頭告誡姆米托魯：「你絕對不能打開櫥櫃，答應我，不可以隨便打開它。」

「我才不要答應！」姆米托魯生氣的拒絕了杜滴滴的要求，低頭看著湯碗。他突然覺得，打開櫥櫃並證實自己的浴袍還掛在裡面，對他來說是全世界最重要的事情。

爐火燒得正旺，蒸汽在煙囪裡呼嘯著。浴場更衣室裡既溫暖又舒服，圓桌底下傳出聽起來相當寂寥的旋律。

隱形老鼠收走姆米托魯和杜滴滴的空碗盤，放在圓桌上的蠟燭也燃燒到了盡頭，殘留的燭芯在一灘蠟油中奄奄一息。室內的照明只剩下爐火的光芒，以及從窗玻璃照進來的月光。

「我今天晚上要回家睡覺。」姆米托魯堅定的表示。

「好。」杜滴滴說：「月亮還掛在天上，你應該可以輕鬆找到回家的方向。」

浴場更衣室的門打開，姆米托魯走上積著雪的木頭棧橋。

「無所謂！」姆米托魯說：「我相信我的藍色浴袍一定還掛在櫥櫃裡。謝謝你們的熱湯。」

浴場更衣室的門又無聲關上，姆米托魯身邊只剩下寂靜與月光。

他匆匆往結了冰的海面瞥視一眼，以為會看見體型龐大而笨拙的莫蘭正從海平線某處慢慢靠近。

他想像著，莫蘭其實就躲在海岸邊的大石頭後面。走過樹林時，他也擔心莫蘭在樹蔭下尾隨著他前進。莫蘭可能會在任何地方出現，一現身就讓周遭的一切頓時失去血色。

姆米托魯回到大家都還在沉睡中的家。他爬上堆在姆米家北面的大雪堆，一路來到屋頂，再打開天窗進到屋內。

屋內的空氣非常溫暖，充滿姆米一家人的氣息。姆米托魯一走動，天花板上的水晶吊燈就跟著輕輕發出叮噹聲響，回應他的腳步聲。姆米托魯將自己的床墊拖到姆米媽媽床邊，睡夢中的姆米媽媽輕嘆了一聲，嘴裡說著姆米托魯聽不懂的夢話。這時姆米媽媽突然露出笑容，翻身面對牆壁繼續沉睡。

「我不再屬於這裡了。」姆米托魯心想：「我已經不屬於任何地方！我甚至無法分辨什麼是現實，什麼是夢境。」他突然覺得有點睏，接著就沉沉睡去。在睡夢中，夏季的紫丁香以一片舒適的綠蔭緊緊擁他入懷。

*

米妮躺在破爛的睡袋裡，感到非常生氣。夜晚的冷風不間斷的直直吹進洞穴中，潮濕的大紙箱因此破裂成三片，紙箱裡的羊毛線也都被風吹得四處亂飄。

「喂！姊姊！」米妮大聲嗅著米寶姊姊，還拍打她的背。但是米寶姊姊仍舊熟睡，甚至連動都沒動一下。

「我要生氣了喔！」米妮抱怨著：「就在我終於需要一個姊姊的時候，妳卻只會睡覺！」

她踢開睡袋，爬到洞口處望著外面寒冷的夜晚，腦袋突然靈光一閃。

「就讓妳瞧瞧我的本事！」米妮低聲嘀咕，順著陡峭的山坡往下滑去。

冬夜的海邊看起來比世界盡頭還要荒涼（假設有人造訪過世界盡頭的話）。冷風在結冰的海面上刮起雪花，月亮已經落下，放眼望去盡是一片漆黑。

「我要出發囉！」米妮說完，拉開裙襬迎向邪惡的北風。她張開雙腳，輕盈滑過雪地的凹處，一會兒往左，一會兒往右。她的身形非常嬌小，向來都以這種方式來維持身體的平衡。

當米妮滑行過浴場更衣室時，原本擺放的蠟燭已經熄滅，因此米妮只看見尖尖的屋頂矗立在黑夜中，完全

沒想到這裡就是她熟悉的浴場更衣室。她一路嗅著冬天那種酷寒又帶點危險的氣味，最後在海岸邊停了下來。突然間，從遙遠的寂寞山那頭傳來了狼嗥聲。

「哇，嚇得我的血液都結凍了。」米妮在黑暗中對著自己露齒一笑。她的鼻子嗅到了一條可以通往姆米谷的小徑。她打算去姆米家一趟，她知道那裡一定有溫暖的棉被，說不定還會有全新的睡袋！她立刻轉身離開海邊，直接跑進森林。

嬌小的米妮走過雪地時，甚至沒有留下任何腳印。

第三章

冰雪女王

姆米家所有的時鐘又開始轉動起來。自從姆米托魯替每個時鐘上緊發條後，他就比較不孤單一些了。而既然他已經搞不清楚正確的時間，他決定將每個時鐘設定為不同的時間。「這麼一來，說不定某個時鐘的時間剛好就是正確的。」他心想。

因為這個緣故，姆米家經常會傳來報時的鐘響，鬧鐘也會三不五時發出響亮的鈴聲。這些嘈雜的聲音，都讓姆米托魯的心情得到些許安慰。然而，姆米托魯還是忘不了一件最可怕的事：太陽似乎不再升起了。真的，事實就是如此。日復一日，清晨時只看得見灰暗的微光，不久光線又消失在漫長的冬夜裡，太陽始終不曾出現。太陽一定是迷失了方向！或者掉到無邊無際的宇宙裡了。一開始，姆米托魯還不願意相信這個事實。他痴痴等待太陽的出現，等了好久好久。

他每天都會走到海邊，面向著東南方，靜靜坐著等待太陽現身。但是一天天過去，都沒有等到太陽露臉。姆米托魯每天都懷著失望的心情，孤零零走回家，關上屋頂的天窗，在客廳的大壁爐上點燃一排蠟燭。

住在廚房流理台底下的神祕客依舊沒有出來享用放在地板上的食物。他可能正忙著什麼神祕而重要的事情吧？

莫蘭在冰上漫步，一面想著無人知曉的心事。浴場更衣室的櫥櫃裡，彷彿有個危險人物正潛藏在浴袍中。面對這麼多棘手的問題，姆米托魯完全不知道該如何應付才好。

這些棘手的問題都是既存的事實，姆米托魯不明白為什麼會發生，也無力改變一切。

姆米托魯在閣樓裡發現裝滿了描摹畫的大紙箱。一張張的圖畫呈現出夏日時光的美好，讓姆米托魯嚮往不已，內容包括豔麗的花兒、燦爛的日出、華麗的小馬車。炫目動人又撫慰人心的圖畫，讓姆米托魯想起他遺失的美麗世界。

姆米托魯先將圖畫攤放在客廳的地板上，再一張張貼在牆上。他緩慢而小心的貼著，讓畫可以牢牢黏在牆壁上。他還選了其中最鮮豔明亮的幾幅作品，貼在姆米媽媽的床頭。

姆米托魯沿著牆面貼畫，當他貼到鏡子旁邊時，才突然發現家裡的銀盤不見了。

銀盤原本掛在刺著紅色十字繡的盤架上，放在鏡子的右邊，現在卻消失無蹤，只剩下盤架和壁紙上殘留的橢圓形痕跡。

姆米托魯頓時感到相當沮喪，他知道姆米媽媽非常喜歡那個盤子。它是姆米家的傳家之寶，沒有人可以隨意使用。到了仲夏之時，它會被擦拭得閃閃發亮。

姆米托魯在屋裡到處尋找，不但沒找著，還驚訝的發現家裡許多東西都消失了，例如枕頭、棉被、麵粉、砂糖與水壺，連繡著玫瑰花圖案的水煮蛋保溫套也不翼而飛。

姆米托魯非常生氣。他認為當家人都在冬眠時，自己必須負起保衛家園的責任。他首先覺得廚房流理台底下的神祕客嫌疑最大，也懷疑莫蘭和那些可能躲在浴場更衣室櫥櫃裡的傢伙。任何人都可能是嫌疑犯，因為許多神祕又詭異的傢伙都在冬季裡活躍著。

「我應該去問問杜滴滴！」姆米托魯心想：「是的，我確實很想留在家裡等著教訓太陽。但是抓出小偷這件事非常重要！」

*

姆米托魯走到灰濛濛的屋外時，看見一匹奇怪的大白馬站在陽台旁。大白馬睜著一雙亮晶晶的大眼睛，直直盯著姆米托魯。姆米托魯小心的走到大白馬身旁，向牠打招呼，但是大白馬一點反應也沒有。

姆米托魯這下子才看清楚，原來大白馬是由白雪堆成的，它的尾巴是柴房裡的掃帚，眼睛則是兩面小鏡子。姆米托魯可以從

鏡子裡看見自己的身影，讓他有點害怕，於是他轉身走往枯萎的茉莉花叢。

「如果有個老朋友在這裡陪我，那該有多好？」姆米托魯心想：「一個不神祕的朋友，一個平凡的朋友，一個從冬眠中醒來並且無所適從的朋友。如果真的有這樣的人與我作伴，我就可以對他說：『冬天真的好冷喔，對不對？雪實在是一種很蠢的東西，我說得沒錯吧？你看見茉莉花叢變成什麼樣子了嗎？你還記得去年夏天嗎？那時候……』反正我們可以大聊這一類的話題。」

杜滴滴坐在木橋的欄杆上，哼唱著歌曲：「我是杜滴滴，我做了一匹馬兒。」她唱著：

一匹狂野雪白的馬兒
在夜裡踏著冰雪，向前奔馳而去
一匹雪白莊嚴的馬兒

背上載著冰雪女王，向前奔馳而去

接下來便是不斷重複的副歌。

「這首歌是什麼意思？」姆米托魯好奇的問。

「意思是，今晚我們要把河水潑在大白馬身上。」杜滴滴回答：「這樣它在夜裡就會凝固成冰。等到冰雪女王出現的時候，大白馬會載著她飛奔而去，永遠不再回來。」

姆米托魯沉默了一會兒。

接著，他說：「有人從我家偷走了許多東西！」

「這樣很好啊！不是嗎？」杜滴滴興高采烈的回答：「你們家有太多東西了，包括你們還記得的東西，以及夢想擁有的東西。」

杜滴滴說完，又開始吟唱剛才那首歌的第二段歌詞。

姆米托魯不高興的轉過身離開。「她根本不懂我的感受！」姆米托魯心想，身後仍傳來杜滴滴開心的歌聲。

「隨妳高興怎麼唱就怎麼唱！」姆米托魯嘀咕著，他幾乎快要氣哭了，「妳就盡情吟唱可怕的冬天、髒兮兮的冰雪、討人厭的大白馬，還有不肯露面、只會躲躲藏藏的怪傢伙！」

姆米托魯蹣跚爬上山坡，一路上不斷踢著白雪，兩行熱淚在鼻子上結成了冰。突然間，他開始放聲高唱自己的歌。

他扯著喉嚨大聲唱，希望杜滴滴可以聽見他的歌聲，並且識相的閉上嘴。

以下是姆米托魯所唱的憤怒夏日之歌：

給我聽清楚了，冬天，你這個偷走太陽的壞傢伙

你這個躲在暗處讓姆米谷變得灰濛濛的壞傢伙
我非常孤單，而且我真的累壞了
我受夠那些害我摔倒、讓我哀嚎的積雪
我要我的藍色陽台，我想看見波光激灩的大海
我要鄭重的告訴你，我討厭冬天！

「你等著瞧！只要我的太陽回來，用溫暖的陽光照著你，所有的積雪就會像呆瓜一樣完蛋了！」姆米托魯大吼大叫，根本不再繼續跟著旋律哼唱。

到時候我要在向日葵的花瓣上跳舞
還要趴在溫暖的沙灘上
我要一整天開著窗戶
欣賞花園和大黃蜂

以及蔚藍色晴空
還有最偉大的
橘黃色
太陽！

當姆米托魯唱完反抗冬季的歌曲後，四周頓時陷入一片死寂。

姆米托魯停下腳步，豎起耳朵，沒有聽見任何人抗議他的演唱。

「接下來一定會發生什麼事！」姆米托魯心想，忍不住顫抖。沒錯，接下來確實有事情發生了。

有個奇怪的東西突然從接近山頂的高處俯衝下來，一路上飛濺出如煙霧狀的細雪，不斷大聲喊著：「快點讓路！不要擋在我面前！」

姆米托魯愣愣的站在原地。

那個對準姆米托魯直衝而來的怪東西，竟然是姆米家裡失竊的銀盤，上面還載著同樣不翼而飛的水煮蛋保溫套。「一定是杜滴滴在這些東西上灑了河水，所以它們都活了起來！」姆米托魯回過神之後心想：「銀盤和保溫套自己偷偷跑出來玩，再也不會回來了……」

銀盤和水煮蛋保溫套撞上了姆米托魯。姆米托魯倒在雪地裡，儘管深埋在雪堆中，他仍舊可以聽見杜滴滴嘲笑他的聲音。

姆米托魯還聽見另一個笑聲，全世界只有一個人會發出這種笑聲。

「米妮！」滿嘴是雪的姆米托魯大喊。他開心又意外，連忙從雪堆裡奮力爬出來。

沒錯，出現在他眼前的，就是坐在雪地上的米妮。她在保溫套上剪了幾個小洞，好讓頭和手可以伸出來，上頭的玫瑰花刺繡正好落在米妮的肚子。

「米妮！」姆米托魯又大喊了一次：「噢！妳一定想不

到……一切都變得好奇怪，我好寂寞……妳還記得去年夏天……？」

「誰還管去年夏天啊？現在已經是冬天了！」米妮從雪堆裡拉出銀盤，「我們剛剛撞得很過癮，對不對？」

「我突然從冬眠中醒來，再也睡不著了。」姆米托魯對米妮說：「大門被積雪封死，太陽也不見了，廚房流理台底下的傢伙也一直不肯出來……」

「不要激動！不要激動！」米妮興高采烈的說：「所以你就把描摹畫一張張的貼在牆壁上。姆米托魯，你真是一點兒都沒變！我在想，如果拿蠟燭在這個銀盤底部抹上一點蠟，會不會讓它滑得更快一點？」

「這是一個好主意！」杜滴滴突然插話進來。

「如果我在姆米家找到能充當風帆的東西，一定可以在冰面上溜得又快又遠！」米妮表示。

姆米托魯望著米妮和杜滴滴，思考了一會兒。

最後他才小聲的說：「我的遮陽篷可能很適合，妳如果想要，我隨時可以借給妳。」

*

當天下午，杜滴滴嗅到冰雪女王出發的氣息，便馬上在大白馬身上淋河水，並且搬了許多燃燒用的木柴到浴場更衣室裡。

「今天不要隨便出門，因為冰雪女王要來了！」杜滴滴鄭重宣布。

隱形老鼠都乖乖點頭，就連櫥櫃裡的神祕人物也發出一陣躁動。杜滴滴說完後就趕著出門，她必須去提醒其他人。

「不必緊張！」米妮對杜滴滴說：「如果腳趾頭凍著了，我就會回家。我還會記得替米寶姊姊多蓋些乾草，讓她保暖。」她說完就乘著銀盤往冰上滑去。

杜滴滴繼續前往姆米谷。她在路上遇見了那隻擁有最漂亮尾巴的小松鼠。

「今天晚上請你一定要待在家裡，因為冰雪女王要來了。」杜滴滴提醒小松鼠。

「好。」小松鼠說：「對了，妳有沒有看見我掉在附近的松果？」

「我沒看見。」杜滴滴回答：「你一定要牢牢記住我剛才告訴你的事情，天黑之後一定要待在家裡！這件事非常重要！」

小松鼠心不在焉的點點頭。

杜滴滴來到姆米家，爬上姆米托魯垂掛在屋外的繩梯，打開屋頂上的天窗，朝著屋內呼喚姆米托魯。

姆米托魯正拿著紅色棉線縫補游泳褲。

「我只是來告訴你，冰雪女王已經上路了，今晚就會到這兒來。」杜滴滴表示。

「冰雪女王比冬天還可怕嗎？」姆米托魯問：「到底有多可怕呢？」

「冰雪女王是最危險的！」杜滴滴說：「她會在午後現身，天空會變成綠色。她將從海上直撲而來。」

「這麼可怕的傢伙是女的？」姆米托魯問。

「是的，而且她長得非常漂亮。」杜滴滴回答：「如果你直接注視她美麗的臉龐，就會結凍成冰。你會變得像硬餅乾一樣，僵硬得無法動彈。所以你今天晚上最好待在家裡別出去。」

杜滴滴說完就爬下屋頂，離開姆米家。姆米托魯則走到地下室，在中央暖爐裡添上更多煤炭，並且替沉睡中的家人多蓋一些被毯保暖。

他幫每個時鐘上緊發條後，走出了姆米家。可怕的冰雪女王來臨時，姆米托魯不想一個人孤零零的在家，他希望有人陪伴在他身旁。

＊

姆米托魯抵達浴場更衣室時，天空的顏色變淡，轉成了綠色。風兒不知道躲到哪裡去睡覺了，枯黃的蘆葦則是直挺挺佇立在海邊的冰層中，一動也不動。

姆米托魯豎起耳朵，彷彿聽見寂靜中傳來一種低沉而模糊的哼聲，來自於不停往海面下延伸、結凍至海底深處的寒冰。

浴場更衣室裡相當溫暖，圓桌上擺放著姆米媽媽的藍色茶具組。

姆米托魯坐到藤椅上，轉頭問杜滴滴：「冰雪女王什麼時候會到？」

「她就快到了。」杜滴滴表示：「但是你不必擔心。」

「其實我一點都不在意冰雪女王。」姆米托魯說：「真正讓我感到心煩的是其他傢伙，那些我對他們毫無所知的傢伙。比方說躲在我家廚房流理台底下的神祕客，或者是藏在櫥櫃裡的東西，以及一直盯著別人看卻從來不開口的莫蘭。」

杜滴滴揉揉鼻子，沉思了一會兒。「好吧，事情是這樣的。」她開口：「在這個世界上，有許多人在夏天、秋天和春天的時候找不到容身之處。他們比較內向，或性情比較古怪。也有些是夜行動物，以及無法與其他人好好相處的傢伙，還有些是人們根本不相信他們存在這世上的生物。於是這些傢伙只好終年躲躲藏藏，等到世界變得安靜、一切都被白雪覆蓋、夜晚變得漫長、大部分的人冬眠去了之後，他們才現身。」

「妳認識他們嗎？」姆米托魯好奇的問。

「我認識其中一些。」杜滴滴回答：「例如你家廚房流理台底下的神祕客，我和他其實挺熟的。但是我知道他喜歡過著神祕的生活，所以無法介紹你們認識。」

姆米托魯失望的踢了踢桌腳，嘆口氣。「好吧，我懂了。」姆米托魯說：「不過我並不想過神祕的生活。冬天的世界對我來說既陌生又奇怪，大夥兒好像都不關心以往那個美好的世界了，甚至連米妮也不願意陪我聊聊以前的真實世界。」

「我們怎麼會知道哪個才是真實的世界？」杜滴滴問姆米托魯，將鼻子貼在窗玻璃上突然說：「她來了！」

浴場更衣室的門突然撞開，米妮坐著銀盤衝進來，在地板上刮出可怕的噪音。

「這面帆布真的挺不錯。」米妮說：「但是，現在我真正需要的是手套。無論我在水煮蛋保溫套上挖出多少洞，都沒有辦法讓我的雙手保暖，而且它已經被我磨得破破爛爛，我甚至無法厚著臉皮將它轉送給無家可歸的刺蝟[1]！」

「看得出來。」姆米托魯看了水煮蛋保溫套一眼。

---

1 作者注：無家可歸的刺蝟指的是心不甘情不願搬家的刺蝟，甚至來不及將牙刷放進行李。

米妮將保溫套丟在地板上，隱形老鼠馬上就過來拖走它，一把丟進火爐中。

「對了，那個傢伙來了嗎？」米妮問杜滴滴。

「我想，她已經到了。」杜滴滴小聲回答：「不如我們到外面看看吧！」

杜滴滴、姆米托魯和米妮一起走到碼頭上，嗅著從海洋那頭吹來的風。夜空已經完全變成綠色，整個世界彷彿由薄玻璃堆砌而成。四處都是靜悄悄的，彷彿一切的事物都靜止了，只剩下滿天微弱的星光，以及冰面上反射的光芒。天氣非常寒冷。

「沒錯，冰雪女王已經在路上了。」杜滴滴表示：「我們最好趕緊回到浴場更衣室裡。」

這時，躲在圓桌底下的隱形老鼠也停止了吹奏。

冰雪女王正從遠處結冰的海面上步步逼近。她一身雪白，看起來像是白色蠟燭。如果從浴場更衣室右側的窗玻璃看向冰雪女王，她就會變成紅色；如果從左側的窗玻璃看她，看起來是蒼綠色。

姆米托魯突然覺得窗玻璃變得非常冰冷，冷到令人刺痛不已，他害怕的移開了貼在窗玻璃上的鼻子。

大夥兒圍坐在火爐旁等候。

「不要再朝外面看了。」杜滴滴提醒其他人。

「喂！有東西爬到我腿上！」米妮吃驚的大叫，盯著自己的裙子猛瞧，但是上頭根本沒有東西。

「是我的隱形老鼠啦！」杜滴滴安撫米妮。「他們嚇壞了。妳先坐著別動，他們過一會兒就會離開。」

這個時候，冰雪女王正好經過浴場更衣室外面。或許她還從窗戶往室內瞥了一眼，因為每個人都突然感到一股凜冽的寒氣吹進來，甚

至熊熊燃燒的爐火還變暗了一些。幸好，恐怖的時刻只有瞬間。隱形老鼠這時感到有點不好意思，紛紛從米妮的腿上跳下來。姆米托魯、杜滴滴和米妮則馬上衝到窗戶旁，好奇的向外張望。

冰雪女王背對著他們，站在枯萎的蘆葦旁，還彎下腰俯視雪地。

「糟糕了！是那隻小松鼠！」杜滴滴驚呼：「他竟然忘了我叫他待在家裡別出來亂跑！」

冰雪女王將她美麗的臉龐靠向小松鼠，搔搔他的耳後。小松鼠就像是中了魔咒一般，目不轉睛的注視著她冰冷的藍色眼眸。冰雪女王露出滿意的笑容，接著繼續前進。

愚蠢的小松鼠已經結成了冰，不但全身僵硬，還失去意識，四腳朝天的躺在雪地上。

「真令人遺憾。」杜滴滴幽幽的說，拉下她的帽子蓋住耳朵。她打開浴場更衣室的門，屋外白茫茫的細雪立刻飛進更衣室裡。杜滴滴往屋外衝去，一下子又跑了回來。她帶回凍僵的小松鼠，放在圓桌上。

隱形老鼠立刻端來熱水，用溫熱的毛巾將小松鼠包裹起來。然而他依舊全身冰冷，四腳朝天，連鬍鬚都是僵硬的。

「他死了。」米妮實話實說。

「至少他死前看見了一張美麗的容顏。」姆米托魯以顫抖的聲音說。

「大概吧！」米妮表示：「總之他現在什麼都記不得了。我決定用他的尾巴來做一副漂亮的手套。」

「不可以！」姆米托魯生氣的大喊：「他的尾巴一定要一起下葬。我們要安葬他，對不對？杜滴滴，妳認為呢？」

「嗯，」杜滴滴思考著：「他死了之後是否還會樂於擁有尾巴，這是一個相當難以回答的問題。」

「拜託妳們！」姆米托魯難過的說：「不要一直提到小松鼠

死掉的事好嗎？這實在太令人悲傷了！」

「死了就是死了。」杜滴滴溫柔的說：「他將會化為塵土，在他死去的地方會長出樹木，樹上還會有新的小松鼠跑來跑去。這樣你還悲傷嗎？」[2]

「大概吧。」姆米托魯回答，擤了一下鼻涕，「無論如何，我們明天還是要安葬小松鼠，他的尾巴也必須一起下葬。我們要替他好好的舉行一場告別式。」

＊

第二天，浴場更衣室裡變得非常寒冷。火爐燒著熊熊火焰，隱形老鼠似乎都累壞了，甚至連姆米托魯從家裡帶來的咖啡壺，壺蓋底部也結了一層薄冰。

姆米托魯一心想著死去的小松鼠，一口咖啡都喝不下。「請妳從櫥櫃裡拿出我的浴袍來好嗎？」姆米托魯嚴肅的說：「我媽媽說，告別式上通常會很冷。」

「你先轉過身去，默數到十。」杜滴滴說。

姆米托魯轉身面向窗戶，開始數了起來。當他數到八的時候，杜滴滴關上櫥櫃門，將藍色的浴袍交到他手上。

「啊，妳還記得我的浴袍是藍色的！」姆米托魯開心的說，立刻伸手進浴袍口袋，可是裡頭沒有太陽眼鏡，只有一些細沙和一顆渾圓光滑的白色石頭。

姆米托魯將石頭握進掌心，岩面的圓潤觸感讓他想起美好的夏日時光。他甚至能想像石頭在陽光照射下變得溫熱的感覺。

「你看起來似乎心情很差。」米妮說。

姆米托魯並沒看她。

「妳們會參加小松鼠的告別式吧？」他莊重的問。

「我們當然會參加。」杜滴滴表示：「畢竟，他是隻好松鼠。」

「尤其是他的尾巴。」米妮補上一句。

他們用舊泳帽包覆小松鼠的遺體，一起步向外頭的冰天雪地。

2 作者注：如果讀者還是為小松鼠之死感到難過的話，可以先往後翻到第一百七十四頁。

他們走在雪地裡，發出沙沙聲響，呼出的空氣也化成一陣陣白霧。不到一會兒，姆米托魯的鼻子就凍僵了，就算想皺一皺鼻子都沒辦法。

「在雪地上真不好走！」米妮在結了冰的海岸邊小跳步前進，看起來相當開心。

「妳能不能慢一點？」姆米托魯說：「我們現在要舉行告別式耶！」

由於天氣實在太冷，姆米托魯只能小口的喘息呼吸。

「我現在才發現你有眉毛呢！」米妮看著姆米托魯的臉，覺得相當有趣，「而且都變成了白色，讓你的臉看起來更好笑！」

「那是霜。」杜滴滴正經的說：「現在請大家都保持安靜，因為我們不知道該如何進行告別式。」

姆米托魯打起了精神。他先帶小松鼠回到姆米家，再放在大白馬面前。

接著他又爬上繩梯，回到溫暖又安詳的客廳。家人依舊沉睡著。

他開始翻箱倒櫃，搜尋每一個角落，就是找不到他要的東西。

姆米托魯最後只好走到姆米媽媽的床邊，在她的耳朵輕聲問了一個問題。但是她沒有回答，只是輕嘆了一口氣，翻過身子背對姆米托魯。姆米托魯不得已又在她耳邊問了一次。

這次，姆米媽媽回答了。出於持家與指導子女社交禮儀的女性本能，她雖然沉

睡著，還是開口說：「出席告別式的黑色蝴蝶結……在櫥櫃的……最上層……右邊的抽屜。」說完後她又繼續冬眠。

姆米托魯立刻從樓梯間搬出活動階梯，爬到櫥櫃的最上層。他在那裡找到一個盒子，裡面裝滿了平常雖然派不上用場，但在特殊情況下卻不可或缺的小東西：告別式用的黑色蝴蝶結、在慶典上別的金色蝴蝶結、姆米家的鑰匙、開瓶器、瓷器黏著劑和備用的床柱銅飾等。

姆米托魯走到屋外時，尾巴已經繫上了黑色蝴蝶結。他也替杜滴滴在帽子上別了個小小的黑色蝴蝶結。

但是米妮拒絕繫上黑色蝴蝶結。「如果我感到悲傷，我不需要藉著繫上黑色蝴蝶結來表達。」米妮說。

「『如果』妳感到悲傷，這才是重點。」姆米托魯說：「我想妳根本不悲傷！」

「沒錯。」米妮說：「我無法悲傷。我只會高興與憤怒。再說，就算我悲傷了，對小松鼠而言有任何意義嗎？根本一點幫助也沒有！但如果我對冰雪女王的惡行感到憤怒，可能有天我會在她的腿上狠狠咬一口，這麼一來，或許她以後看見溫暖又可愛的小松鼠時，就不會再伸手搔弄他們的耳朵了。」

「妳說的話很有道理。」杜滴滴表示：「姆米托魯說的話也沒錯，居然會有這種事！那我們現在應該怎麼做呢？」

「我要在地上挖一個洞。」姆米托魯說：「這個地點非常好，夏天時會開滿雛菊。」

「可是，親愛的姆米托魯，」杜滴滴感傷的說：「現在地上都結冰了，硬得像石頭一樣。連一隻草蜢也埋不進去。」

姆米托魯無助的看著杜滴滴，不知道該說什麼才好。他們就這樣一言不發的站在雪地裡。突然間，大白馬低下頭，小心翼翼的嗅著小松鼠，它那雙以鏡子做成的眼睛滿是疑惑的看著姆米托魯，同時輕輕搖晃著掃帚做成的尾巴。

這時，隱形老鼠用長笛吹奏出悲傷的旋律，姆米托魯忍不住感激的向他點點頭。

大白馬將小松鼠放到自己的背上，當然也連同他的尾巴以及泳帽，大夥兒開始走回海邊。

杜滴滴還特別為小松鼠唱了一首歌：

有一隻小松鼠
一隻小小的松鼠
雖然他不聰明
但是擁有柔順溫暖的皮毛
如今他變得冰冷，非常冰冷
雙手雙腳都僵硬了
不過，他仍然是
擁有最漂亮尾巴的小松鼠

當馬蹄觸碰到地面上堅硬的冰層時，大白馬立刻高高揚起頭，眼神閃閃發光，接著突然呼嘯一聲，往前方狂奔而去。

隱形老鼠的笛聲也轉為輕快活潑的旋律。大白馬載著小松鼠越跑越遠，最後成為地平線上的一個小黑點。

「我不確定這樣進行告別式到底對不對。」姆米托魯擔心的說。

「我覺得這是最完美的告別式！」杜滴滴表示。

「嗯，大概吧。」米妮說：「如果我能用他美麗的尾巴做手套，那就更完美了。」

第四章

孤單的人和奇怪的人

在小松鼠的告別式過後幾天，姆米托魯發現有人偷走了姆米家柴房裡的煤炭。屋外的雪地上有許多深陷的腳印與拖痕，顯然有人拖著沉重的袋子離開。

「絕對不會是米妮。」姆米托魯心想：「她太嬌小了，根本搬不動煤炭。至於杜滴滴，她只會拿自己需要的東西。小偷肯定是莫蘭。」

姆米托魯戴上絨毛圍巾，開始追蹤腳印。姆米家的成員都還在熟睡，他是唯一能夠守衛煤炭的人，這件事攸關姆米家的聲譽。

腳印與拖痕最後結束在山頂上的洞穴前。

煤炭果然都在洞穴中，還堆成一座營火，最上方竟然還擺著姆米家花園的涼椅！那張涼椅在去年八月的時候斷了一隻腳。

「涼椅肯定會讓營火燒得又旺又烈！」杜滴滴從煤炭堆成的營火後方走出來，「它又老又乾燥，簡直像粉塵一樣。」

「妳說得沒錯。」姆米托魯連忙對杜滴滴說：「因為涼椅在我們家已經放了好多年。但是，只要修理一下就還能繼續使用。」

「或是你們可以再做一張新的椅子。」杜滴滴說：「對了，你要不要聽一首新歌？杜滴滴做出一首了不起的冬季營火之歌。」

「好啊！」姆米托魯親切的回答。

於是杜滴滴馬上開始在雪地踏步，同時唱起歌來：

來吧！安靜的朋友
孤單和古怪的朋友
狂野和羞怯的朋友
跟著鼓聲一起來吧

營火熊熊燃燒
在白色的雪地上閃耀光芒
動動你們的尾巴

在發亮的雪地上盡情搖擺
跟著鼓聲一起來吧
在這黑暗的深夜裡

「我受夠了妳一天到晚唱那些白雪和黑夜了！」姆米托魯突然大叫起來：「我不要繼續聽副歌了！我好冷，好寂寞！我要我的太陽快點回來！」

「這就是我們今晚要燃燒冬季營火的原因啊。」杜滴滴回答：「明天早上，你的太陽就會回來了！」

「我的太陽……」姆米托魯以顫抖的聲音問杜滴滴。

杜滴滴點點頭，揉了揉鼻子。

姆米托魯一時之間興奮得說不出話。

這時他又小心翼翼的問杜滴滴：「妳覺得，媽媽會不會發現花園的涼椅被燒掉了？」

「你聽好了！」杜滴滴語氣堅定的說：「冬季營火的傳統比起你家的涼椅還要古老一千年！那張涼椅能被放在營火的最上面，你應該感到驕傲才對！」

姆米托魯沒有再多說什麼。「等到大家從冬眠中醒來之後，我必須好好解釋清楚。」姆米托魯心想：「也許等春風吹來的時候，我們又可以在海灘上撿到新的漂流木和新的涼椅！」

營火越堆越高。乾枯的樹幹不斷從各處被拖到山頂上的洞穴旁，還有腐朽的樹根、老舊的木桶和薄木板等，看起來似乎是來自海邊，但是姆米托魯完全沒看見是誰帶來的。他相信山上一定有許多人，只不過他沒有辦法看到他們的身影。

這時，米妮出現了，在雪地上一路拖著她的紙箱而

來。「我不需要這個紙箱了。」米妮說：「銀盤比較實用，而且我姊姊好像比較喜歡睡在地毯裡。我們什麼時候要點燃營火？」

「月亮升起的時候。」杜滴滴回答。

姆米托魯整個晚上都很興奮，他在家裡走來走去，從一個房間走到另外一個房間，點燃了比平常還多的蠟燭。他三不五時就停下腳步，聆聽家人熟睡時的氣息，以及天氣變冷時牆壁微微發出的劈啪聲響。

他確定今晚各種神祕人物都將在營火會上現身，包括杜滴滴曾經提過畏懼光線的傢伙，以及大家不相信存在於這世界上的人物。他們會走出隱身的洞穴，來到小動物為了驅走黑暗與寒冷而燃起的冬季營火旁。到時候，他就可以看見這些神秘人物的真面目了。

姆米托魯點燃油燈，提燈走上閣樓。

他打開屋頂的天窗，月亮還沒升起，姆米谷在極光的映照下微微發亮。木橋的那一頭，一列火把整齊有序的移動著，在暗影的包圍下左右晃動。他們準備走到海邊，然後再上山。

姆米托魯手裡提著油燈，小心翼翼的爬下繩梯。花園與樹林充滿了搖晃的光影與低低的交談聲，一路朝著山上的方向延伸。

當姆米托魯走到海邊時，月亮已經高高升起。粉藍色的月光從遠處照耀在冰面上。他突然覺得身旁好像有什麼東西在移動，低頭一看，原來是興高采烈、雙眼閃閃發光的米妮。

「冬季營火一定會燒得又熱又旺！」米妮開心表示：「就連月光也會失色！」

姆米托魯和米妮同時望向山頂，看見黃色的火焰正沖向天際。杜滴滴已經點燃了冬季營火。

瞬間，高大的營火從底部熊熊燃燒至頂端，發出有如獅吼般的爆裂聲，山腳下漆黑的冰面清晰反映出營火的燦爛火光。一聲聽起來相當寂寥的笛聲飄過姆米托魯身旁，原來是隱形老鼠的演奏。這場冬季的盛會，他們有點遲到了。

大大小小的影子在山頂營火旁跳著神聖的舞蹈，同時開始用尾巴敲奏著大鼓。

「向涼椅說再見吧！」米妮對姆米托魯說。

「反正我也不需要了！」姆米托魯不耐煩的回答。他爬上結冰的山坡，坡頂映照著營火的火光，看起來閃閃發亮。山上的積雪因為營火的熱力而逐漸融化，溫暖的雪水緩緩流過姆米托魯的腳邊。

「太陽又要回來了！」姆米托魯興奮的想著：「黑暗將結束，寂寞也要結束了。我又可以坐在陽台上晒太陽，讓溫暖的陽光照在背上……」

姆米托魯抵達山頂，營火周圍的空氣暖烘烘的，隱形老鼠正吹奏著奔放的旋律。原本在營火旁舞動的身影此刻都消失無蹤，鼓聲從營火另一頭傳來。

「大家怎麼都不見了呢？」姆米托魯問。

杜滴滴冷靜的藍色眼睛望著姆米托魯，但是他並不確定她是否真的在看他。也許杜滴滴是看著那個屬於她的冬日，那個每當他在溫暖的家中進行冬眠時，以奇怪規則年復一年持續運轉的冬季世界。

「住在浴場更衣室櫥櫃裡的神祕人物，他在什麼地方？」姆米托魯問。

「你說什麼？」杜滴滴心不在焉的反問。

「我想見一見那個住在更衣室櫥櫃裡的人。」姆米托魯再次表明。

「喔，他沒辦法來參加。」杜滴滴表示：「很難有人明白他腦袋裡在想什麼。」

一群長腳小傢伙像陣輕煙似的從冰面上滑過，一個長著銀色犄角的傢伙走過姆米托魯的身旁。營火上方還有個長著大翅膀的黑色傢伙，朝著北方飛行而去。這一切發生得太快了，姆米托魯根本來不及向他們自我介紹。

「杜滴滴，拜託妳！」姆米托魯拉著杜滴滴的毛衣哀求著。

杜滴滴只好溫柔的對姆米托魯說：「好

吧，躲在你家廚房流理台底下的神祕客，現在就坐在那邊。」

神祕客的體型很嬌小，眉毛像刷子濃密。他獨自坐在一旁凝視著巨大的營火。

姆米托魯走到他身旁坐下，他說：「餅乾對你來說會不會太硬？」

小傢伙轉頭看著姆米托魯，沒有回答。

「我忍不住想要讚美你濃密的眉毛。」姆米托魯繼續客氣的說。

這時，濃眉小傢伙終於開口了：「夏達夫，烏木。」

「什麼？」姆米托魯嚇了一跳。

「拉達姆沙！」濃眉小傢伙的口氣充滿怒意。

「他有自己的語言。他覺得你剛才說的話在羞辱他，所以非常生氣。」杜滴滴向姆米托魯解釋。

「可是我根本無意羞辱他啊！」姆米托魯焦急的辯白：「拉達姆沙！拉達姆沙！」他連忙求情。

這下子，濃眉小傢伙可真的動怒了。他突然站起身來，氣憤的跑開。

「我的老天啊！我該怎麼做才對？」姆米托魯說：「現在他八成會在我家廚房流理台底下躲上一整年，卻不明白我其實只是想要和他交個朋友。」

「這種事情很常見啊！」杜滴滴回答。

姆米家花園的涼椅此時已經遭營火吞噬，化為飛散的火花。

營火幾乎要燃燒殆盡，只剩下餘燼還在持續悶燒著，融化的雪水也在石縫中冒著泡泡。隱形老鼠突然停止了演奏，所有人不約而同的望向冰層。

莫蘭就坐在那兒！她小小的圓眼睛反映著火光，整個人看起來像是巨大而難以形容的灰色物體。與去年相比，她顯然又變大了不少。

莫蘭開始往山上走來，原本熱鬧的鼓聲也隨之停止。她直接走向營火，什麼話都沒說，一屁股坐在營火上。

營火遇上冰冷的莫蘭，當場發出刺耳的嘶嘶聲，山頂上頓時被煙霧籠罩。等到煙霧散去後，營火的餘燼都已完全熄滅，只剩巨大又灰濛濛的莫蘭不斷冒著煙。

姆米托魯和其他人一起逃到海邊。他在人群中看見杜滴滴，連忙大聲詢問：「這是怎麼回事？是不是莫蘭趕跑太陽了？」

「放輕鬆。」杜滴滴說：「莫蘭並不是故意弄熄營火的。你應該看得出來，她是來取暖的。她真可憐，再怎麼溫暖的東西，只要她一坐上去，就會馬上變得冰冷。這一次她又要失望了。」

姆米托魯看見莫蘭又站了起來，對著結了冰的木炭嗅了幾下，便往姆米托魯遺忘在山頂上的油燈走去。原本還在雪地上亮著的油燈，在莫蘭靠近後就熄滅了。

莫蘭動也不動的佇立了片刻。山頂上現在一個人也沒有，因為大家都被莫蘭嚇跑了。莫蘭接著又慢慢走回結冰的海面，最後消失在黑暗中。她獨自出現，又孤單的離開。

姆米托魯也回到了家。

他在臨睡之前先走到姆米媽媽的床邊，在她耳旁輕聲說：「今晚的冬季營火晚會真無趣。」

「真的嗎？我的老天爺啊！」姆米媽媽在睡夢中回應著姆米托魯：「也許下一次會比較好玩……」

廚房流理台底下的那個濃眉小傢伙還在生氣，嘴裡更是不停的碎念。

「拉達姆沙！拉達姆沙！」他生氣的說，用力聳聳肩。至於他到底在說什麼，可能整座姆米谷都沒人知道。

＊

杜滴滴拿著釣魚竿，坐在冰層下方的小洞裡釣魚。她喜歡海水漲退潮的習性。每當海水退潮時，她就可以輕輕鬆鬆爬到碼頭旁的小洞裡，坐在一顆大圓石上釣魚。在這個隱密的小空間裡，頭上有一片美麗的綠色冰層，腳下則是黑色汪洋。

黑色地板和綠色天花板向遠處延伸，一同消失在黑暗之中。

杜滴滴已經釣到四條小魚，再有一條上勾，她就要去煮魚湯了。

突然間，她聽見碼頭上遠遠傳來一陣急促的腳步聲，來訪的是姆米托魯。姆米托魯停在浴場更衣室前拍打門扉，等了一會兒後，他又敲了一次。

「喂！」杜滴滴大喊：「我在冰層下面啦！」

杜滴滴的聲音在小小的冰洞裡迴盪著。那一聲「喂」先傳向左邊，接著又傳回來，再往前傳去，反覆了好幾次，中間還夾雜著一句「在冰層下面啦」。

一段時間後，姆米托魯才小心翼翼的將鼻子探

進冰洞。他的兩隻耳朵都綴著金色的蝴蝶結。

姆米托魯看看那冰冷得直冒煙的海水，以及杜滴滴釣上的四條小魚。

他微微發抖的說：「呃，他還沒來。」

「誰還沒來？」杜滴滴問。

「太陽啦！」姆米托魯大聲說。

「太陽啦！」的回聲在冰洞裡迴盪著。「太陽，太陽，太陽……」聲音越傳越遠，但也越來越弱。

杜滴滴開始收回釣魚線。

「你別那麼心急！」她對姆米托魯說：「太陽總是在每年的這一天出現，也許他現在正準備露臉呢！挪開你的鼻子，這樣我才能出去！」

杜滴滴爬出冰洞，坐在浴場更衣室前的台階上，輕輕的嗅著，並豎起耳朵傾聽。

「太陽就快來了，你坐下來等一會兒吧！」她說。

米妮滑冰而來，坐在杜滴滴和姆米托魯身旁。米妮將兩個瓶蓋分別綁在鞋底下，加快在冰上滑行的速度。

「我們又在等待某件奇妙的事情發生嗎？」米妮問：「如果能有一點陽光，似乎也不錯。」

兩隻老烏鴉突然從樹林裡飛出來，停在浴場更衣室的屋頂上。時間就這樣一分一秒過去。

姆米托魯突然間興奮得全身毛骨悚然，他看見遙遠的地平線上出現一點紅色光芒，漸漸凝聚在灰濛濛的陰暗天空。紅光變成了一道細長光束，帶點銀色的光輝，在大海的冰面上映照出長長的紅色光影。

「哇！太陽出來了！」姆米托魯忍不住大喊。

他轉身抱起米妮，還在米妮的鼻子上輕輕一吻。

「天啊！你好噁心！」米妮嫌惡的說：「這種事情也值得大呼小叫嗎？」

「當然囉！」姆米托魯大喊：「春天來了！天氣要變溫暖了！大家就要醒來了！這一切實在太棒了！」

姆米托魯興奮的將杜滴滴釣到的四條小魚拋向空中，還在冰上倒立。他這輩子從來沒有這麼開心過。

冰面突然又變回原本的陰暗。浴場更衣室屋頂上的老烏鴉這時也拍拍翅膀，往海邊飛去。杜滴滴撿起散落四處的小魚，紅色的陽光再度消失在地平線下方。

「太陽是不是突然改變心意，不想出來了？」姆米托魯擔心的問。

「太陽一定是看見你剛才瘋瘋癲癲的鬼樣子，被你嚇跑了。」米妮說完後，踩著腳下的瓶蓋，一溜煙似的滑走了。

「太陽明天還會再回來的。」杜滴滴安慰姆米托魯：「到時候，陽光會比今天再多一點，大概像起司那麼厚。別擔心。」

杜滴滴又爬回冰洞裡，在湯鍋裡裝了海水，準備料理美味的魚湯。

當然她說得沒錯，太陽不可能一下子就回到天空中。但是當別人正確而自己錯誤時，反而讓姆米托魯更加沮喪。

姆米托魯坐著低頭凝視冰層，突然生氣起來。怒意就像姆米托魯心中各種強烈的情緒，從體內深處不斷湧出。他想，大家一定暗中嘲笑他的愚蠢行徑。

他覺得自己剛才失態的大叫相當丟臉，甚至還在耳朵上繫了可笑的金色蝴蝶結。想到這些，他忍不住一肚子火。

最後他這樣想，他必須要去做一些可怕的壞事、一些不被允許的事，才能讓心情平靜下來，而且馬上就得去做。

他突然站了起來，跑過碼頭，衝進浴場更衣室來到櫥櫃旁邊，用力打開櫃子的門。

櫥櫃裡掛著姆米一家人的泳衣，還有洩了氣的亨姆廉造型游泳圈，一切都和去年夏天無異。唯一不同的是，櫃子底部坐著一個灰色的小傢伙狠狠瞪著姆米托魯。他全身長滿灰毛，還有一個大大的鼻子。

灰色的小毛球突然動了起來，像一陣風似的從姆米托魯身旁跑開，轉眼就消失無蹤。姆米托魯看見他的尾巴就像一條長長的黑線，隱沒在浴場更衣室的門邊。儘管灰色小傢伙跑出來時，身上的長毛不小心卡住了，但是他馬上就掙脫開來，一溜煙的逃走了。

杜滴滴雙手端著鍋子走

進來，開口說道：「所以，你還是忍不住打開櫥櫃的門了？」

「反正裡面只躲著一個看起來像是老鼠的老傢伙。」姆米托魯任性的說。

「那並不是老鼠！」杜滴滴說：「那是姆米的老祖宗！在你變成姆米托魯之前，你就是那種模樣。換句話說，一千年前你就是長那樣！」

姆米托魯不知道應該說什麼。他默默走回姆米家，坐在客廳裡沉思。

過了一會兒，米妮上門來借蠟燭與砂糖。「我聽說了一件與你有關的慘事，」米妮開心的說：「你將自己的祖先趕出浴場更衣室的櫥櫃。大家還說，你和老祖宗長得很像。」

「請妳閉上嘴好嗎？」姆米托魯不高興的說。

他爬到閣樓，找出姆米家族的相簿。

相簿裡每一頁都放著姆米家族的照片，大部分是站在壁爐前或陽台上。無論姆米托魯怎麼找，照片裡都沒有任何一個姆米長得像櫥櫃裡的老祖宗。

「杜滴滴一定搞錯了！」姆米托魯心想：「那傢伙不可能和我們有任何親戚關

係！」

姆米托魯走回客廳，看著沉睡中的姆米爸爸，覺得姆米爸爸和老祖宗只有鼻子稍微神似。但如果回溯到一千年前……

天花板上的水晶吊燈突然發出清脆的聲響，緩慢的前後搖晃起來。有個毛茸茸的小東西在防塵罩裡移動著，一條長長的黑尾巴從水晶吊飾之間垂下來。

「他在那裡！」姆米托魯低聲驚呼：「我的老祖宗跑到水晶吊燈上了。」

姆米托魯突然覺得一切好像也沒有那麼糟。他現在已經開始適應這個奇怪的冬季世界了。

「你好嗎？」姆米托魯輕聲的問。老祖宗從吊燈的紗罩裡看著他，動了動耳朵。

「請小心那盞水晶吊燈。」姆米托魯又接著表示：「那是我們家的傳家之寶。」

老祖宗歪著頭，專注的望著姆米托魯，顯然正試著聆聽他說的話。

「他現在應該要說點什麼吧？」姆米托魯心想，突然又害怕老祖宗真的會開口。如果他說的是某種奇怪的語言，就像那個濃眉小傢伙一樣，那該怎麼辦？如果老祖宗突然生氣大罵「拉達姆沙」的話呢？也許他們就做不成朋友了。

「噓！」姆米托魯連忙低聲說：「你什麼話都別說！」

或許他們真的是親戚，而當親戚來家裡作客時，我們多半會邀請親戚住下來，就算住上好一陣子也沒問題。更何況，如果他真的是姆米托魯的老祖宗，可能會打算待在姆米家一輩子。誰知道呢？姆米托魯招呼老祖宗時必須謹慎一點。萬一誤解他的意思，惹得他不高興，姆米一家人就必須一輩子和憤怒的老祖宗共處一室了！

「噓！」姆米托魯再次向老祖宗示意：「噓！」

老祖宗只是輕輕搖晃著水晶吊燈，一句話也沒說。

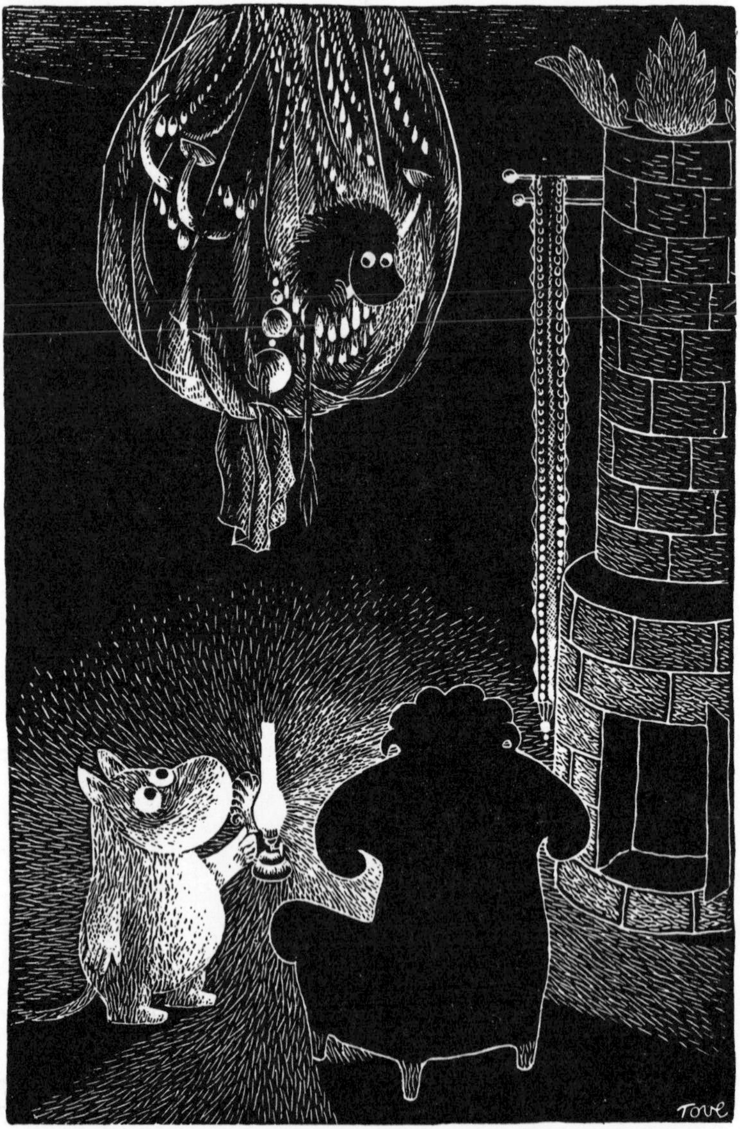
Tove

「我要帶老祖宗參觀一下這棟房子！」姆米托魯心想：「每次有親戚來訪時，媽媽都會這麼做。」

姆米托魯拿著油燈，走到一幅名為「窗邊的菲力強克」的手工畫前。老祖宗看一眼那幅畫，聳了聳肩膀。

姆米托魯又繼續走到絨布沙發前，拿油燈照著每張椅子，一張接一張，好讓老祖宗看清楚。接著，他又介紹客廳的鏡子和海泡石小火車，以及姆米家各種漂亮貴重的物品。

儘管老祖宗專注的看著姆米托魯介紹的一切物品，但他顯然不明白那些東西的用途。最後姆米托魯也累了，他嘆了口氣，將油燈放在壁爐架上。沒想到，這個舉動卻引發老祖宗高度的興趣。

老祖宗從水晶吊燈上跳下來，在大壁爐前探頭探腦，看起來像一坨灰色的破布。他的頭探進大壁爐裡，嗅聞著爐火的灰燼。他對風門拉繩的繡花綴飾顯得十分感興趣，花了一點時間不斷聞著壁爐與牆壁之間的縫隙。

「他可能真的是老祖宗！」姆米托魯相當激動：「我們一定有親戚關係。我記得媽媽說過，我們的祖先原本住在大壁爐後面……」

這時鬧鐘突然響了起來。他習慣讓鬧鐘在黃昏時分響起，因為他總是在這個時段感到寂寞。

老祖宗似乎受了驚嚇，一溜煙的鑽入大壁爐中，揚起一片灰燼。過了一會兒，姆米托魯還聽見老祖宗以不太友善的方式拉扯壁爐的風門。

他連忙按掉鬧鐘，緊張的傾聽大壁爐裡的動靜，但是沒有再傳出其他聲響。

煙囪落下一些灰燼，風門的拉繩持續晃動著。

這個突來的變化讓姆米托魯心煩意亂，於是他爬上屋頂，希望冷空氣能夠讓自己平靜一些。

「喂！你和你的老祖宗相處得還好嗎？」踩著雪橇的米妮大喊。

「他人很好呢！」姆米托魯故作優雅的回答：「像我們這種歷史悠長的家族，每個人都重視禮儀。」

能夠擁有一位老祖宗，讓姆米托魯突然感到十分驕傲。而且，一想到米妮連家譜都沒有，隨隨便便的就來到了這個世界，讓他更加竊喜。

*

這天晚上，老祖宗改變了姆米家的所有擺設。他的動作非常輕巧安靜，更顯出他的力氣不容小覷。

天亮時，老祖宗已經將沙發轉向大壁爐，還把貼在牆上的每一幅描摹畫換了位置。凡是他不欣賞的作品，都被轉成了上下顛倒的樣子。（也或許這些畫作是他最欣賞的，誰知道呢？）

屋裡的家具像玩大風吹遊戲一樣，

全部都變換了位置。老祖宗不但把鬧鐘扔進垃圾桶，還從閣樓裡找出一大堆破銅爛鐵，推放在大壁爐旁。

杜滴滴拜訪姆米家時看見了這幅景象。「或許他覺得這樣的擺設比較有家的感覺。」杜滴滴揉揉鼻子說：「他想在自己的新家周圍蓋起一道不錯的圍籬，這樣一來他才不會被別人打擾。」

「不知道媽媽起床後會怎麼說？」姆米托魯擔心的說。

「這個嘛，誰叫你將他從浴場更衣室的櫥櫃裡放出來。」杜滴滴說：「幸好，老祖宗從來不吃東西，這對你或對他而言都省了許多麻煩。因此，我覺得你應該要把這當成是一件開心的事。」

姆米托魯點點頭。

他沉思了一會兒，爬進老祖宗以壞椅子、空紙箱、魚網、厚紙筒、舊籃子和園藝工具等作為圍籬的小空間，隨即發現這裡頭非常舒適。

姆米托魯決定，今晚要睡在舊搖椅底下那個放滿羊毛線團的籃子裡。那張舊搖椅已經好久都沒有人坐了。

事實上，在這個缺了窗玻璃又光線陰暗的客廳裡，姆米托魯一直無法好好安心睡覺。看著熟睡中的家人，更讓他無比憂鬱。

然而，置身在這個由空紙箱、搖椅和沙發所隔成的狹小空間裡，姆米托魯卻非常輕鬆自在，一點兒也不寂寞。

姆米托魯看見大壁爐裡有一個小小的黑影，於是他在布置新房間時格外小心，以免打擾了他的老祖宗。

夜晚來臨時，姆米托魯帶著一盞油燈，靜靜躺在他的新房間裡，傾聽老祖宗在煙囪裡發出的細微聲響。

「也許在一千年前，我就是這樣過日子的！」姆米托魯愉悅的想著。

他原本想過要朝著煙囪嚷嚷一下，表達他的問候，最後還是打消了念頭。他吹熄油燈，蜷縮在溫暖的羊毛線團中進入夢鄉。

第五章

新來的訪客

日子一天天過去，太陽在天空露臉的位置也越來越高。到了這天，陽光終於照進姆米谷，因此大家都認為這天是相當特別的日子。除此之外，還有另外一個原因也讓這天顯得特別不一樣：當天午後，一名陌生訪客出現在姆米谷中。

訪客是一隻瘦巴巴的小狗，頭上戴著破破爛爛的羊毛帽，帽緣拉得低低的，蓋住耳朵。他說他的名字是抱歉狗，還說姆米谷北方的村落已經沒有食物可吃了。自從冰雪女王行經他們的村落之後，食物就越來越稀少。而亨姆廉因為太過飢餓，竟然將自己收藏多年的甲蟲吞進肚裡，不過，這八成只是謠言，也許他吃下肚的甲蟲是其他亨姆廉的收藏。總而言之，現在有許多人正準備來姆米谷覓食。

因為有人對大家說，姆米谷有許多山梨莓，還有一個裝滿果醬的地窖。但或許那個裝滿果醬的地窖也只是個謠言……

抱歉狗坐在雪地上，將細瘦的尾巴壓在身子底下，憂慮得整張臉幾乎皺成一團。

「我們都是靠著喝魚湯過日子。」杜滴滴表示：「從來沒聽說過果醬地窖的事。」

姆米托魯忍不住偷偷往柴房後方的積雪看了一眼。

「就在那裡啊！」米妮說：「那裡有好多好多的果醬！光是想像地窖裡的果醬數量，就會讓人覺得肚子相當飽足！每一瓶果醬不僅標注著製造日期，瓶身上還繫著漂亮的紅色絲帶！」

「我的家人都還在冬眠中，我有責任守護家裡的一切。」姆米托魯急忙聲明。他緊張得脹紅了臉。

「當然，你應該要好好守護你家裡的食物！」抱歉狗認命的說。

姆米托魯看了一眼陽台，又望向抱歉狗布滿皺紋的臉龐。

「你喜歡果醬嗎？」姆米托魯語氣僵硬的問。

「我不知道。」抱歉狗卑微的回答。

姆米托魯嘆了一口氣，說道：「來吧，我請你吃果醬。但是請你一定要從製造日期最早的果醬開始吃喔！」

＊

幾個小時後，一大群人步履蹣跚的走過木橋，還有個滿臉困惑又抱怨連連的菲力強克在花園裡跑來跑去。這位菲力強克小姐說，她種植的盆栽都凍死了，她為過冬準備的食物也被別人偷吃光了。在她來到姆米谷的途中，還遇上了一位傲慢無禮的賈夫西。那位賈夫西小姐竟然責怪菲力強克小姐說：「可怕的冬天本來就不是鬧著玩的，為什麼菲力強克小姐沒有好好準備存糧？」

到了傍晚，已經有許多外來訪客抵達姆米家的果醬地窖。力氣充足一點的傢伙甚至走到海邊，直接在浴場更衣室住下來。

但是大家都不准靠近山邊的洞穴，因為米妮不許任何人打擾米寶姊姊的睡眠。一些際遇最悲慘的訪客就坐在姆米家門前，哭訴著他們的不幸。姆米托魯拿著油燈爬到屋頂上。「請大家進到屋裡來過夜吧！」姆米托魯對大家說：「外面有莫蘭以及一些可怕的東西，誰知道他們會不會突然出現在附近？真的很不安全！」

「可是我這輩子從來沒有爬過繩梯啊！」一位年邁的霍姆伯表示。

姆米托魯一聽，只得爬下屋頂，開始在積雪中鏟出一條通往姆米家大門的小徑。

他一個人又挖又扒，最後終於在雪堆裡挖出又長又窄的隧道。只不過，當他一路挖到牆邊時，出現在他眼前的竟然不是姆米家大門，而是一扇結冰的窗戶。

「我肯定是搞錯了方向。」姆米托魯自言自語：「如果我重新挖一條通道，說不定連牆壁都碰不到。」於是他小心翼翼的敲破一片窗玻璃，好讓大家跟在他身後，從窗口爬進姆米家。

「請不要吵醒我的家人。」姆米托魯提醒訪客：「這位是我媽媽，那位是我爸爸，睡在那一頭的是司諾克小姐。我的老祖宗則是睡在大壁爐裡。你們可以用地毯裹住身體取暖，因為其他可以保暖的物品都被借走了。」

訪客全都對著冬眠中的姆米鞠躬致意，再依照姆米托魯的指示，用地毯和桌布裹住身子。至於體型較小的動物，就直接爬進帽子或拖鞋裡睡覺。

訪客大都感冒了，還有一些則是非常想家。「太可怕了。」姆米托魯心想：「地窖裡的果醬不久就會被吃光，等到春天來臨時，我該怎麼向爸爸媽媽解釋呢？老祖宗將牆上的畫掛得亂七八糟，現在竟然還有一大堆陌生人跑到我們家來住。」

姆米托魯再次走到屋外，查看是否還有人尚未進屋休息。

今晚的月光是藍色的。抱歉狗獨自坐在雪地上，對著月亮嗥叫著。他的頭仰向夜空，發出悲戚的長鳴。

「你為什麼不進屋裡休息呢？」姆米托魯問抱歉狗。

抱歉狗看著姆米托魯，他的眼睛在月光下閃耀著綠色光芒，一隻耳朵直挺挺的立著，另一隻耳朵則聆聽著遠方。他表情專注的傾聽著。

他們倆都隱約聽見從遠處傳來一陣狼嗥。抱歉狗陰鬱的向姆米托魯點點頭，又拉低帽子一些。

「狼群是我偉大又強壯的好兄弟。」抱歉狗耳語般的喃喃自語：「我希望能夠和他們一起行動。」

「他們是野狼耶！難道你不害怕嗎？」姆米托魯問。

「我當然害怕啊！」抱歉狗說：「這就是我最悲哀的地方。」抱歉狗說完，鬱悶的沿著小路走回浴場更衣室去了。

姆米托魯回到姆米家的客廳，發現一個嬌小的訪客被鏡中的自己嚇了一跳，正坐在海泡石小火車裡哭成淚人兒。

除此之外，家裡的一切都靜悄悄的。

「每個人都有自己的煩惱呢！」姆米托魯心想：「或許果醬的問題並沒有我想像中的可怕，根本不需要擔心。更何況我現在可以先預留下星期天專用的果醬。我決定要留下草莓果醬！」

*

第二天清晨，一陣清晰又刺耳的法國號樂聲吵醒了姆米谷的人們。洞穴裡的米妮一聽見法國號吹出的聲響，馬上坐起身子，雙腳跟著音樂打節拍。住在浴場更衣室的杜滴滴一聽見法國號的聲音，警覺的豎起耳朵，想知道發生了什麼大事。同樣睡在浴場更衣室的抱歉狗則是夾著尾巴，慌張的躲到長椅底下。

姆米的老祖宗聽見法國號吹奏的聲響後，不高興的拉扯大壁爐的風門，姆米家大部分的訪客也都被這宏亮的樂聲給吵醒了。

姆米托魯急急忙忙衝到窗戶旁邊，爬過他在雪堆裡挖出的隧道，走到一片雪白的室外。

冬季蒼白的陽光照耀在一位體型高大的亨姆廉身上，這位亨姆廉先生踩著滑雪板，從附近的斜坡上一路滑下來，同時還吹奏著金光閃閃的黃銅法國號，看起來相當

開心。

「他看起來會吃掉許多果醬！」姆米托魯心想：「他腳下踩著的東西是什麼玩意兒啊？」

亨姆廉先生滑到姆米家門前，將法國號放在柴房屋頂上，再脫掉腳上的滑雪板。

「這附近的斜坡真的太棒了！」亨姆廉先生興奮的表示：「這裡有沒有滑雪賽呢？」

「我來幫你問問看！」姆米托魯回答他。

姆米托魯說完後便爬回姆米家的客廳，大聲的問：

「這裡有沒有人叫作『華鱈塞』？」

「我的名字叫作鱈塞美。」被鏡子嚇哭的小傢伙回答。

姆米托魯回到屋外，對亨姆廉先生說：

「有一個人的名字跟『華鱈塞』有點接近，她叫作鱈塞美。」

但是亨姆廉先生正在姆米爸爸的菸草田裡聞著菸草香，完全沒注意姆米托魯說了什麼。「這個地方真不錯！」亨姆廉先生宣布：「我也要在這裡蓋一棟圓頂小屋！」

「你可以搬到我家來住，就像其他人那樣。」姆米托魯不情願的說。

「謝謝，我一點都不想要住在你家！」亨姆廉先生一口回絕姆米托魯的好意：「你家的房子不通風，對身體不好。我喜歡新鮮空氣，大量的新鮮空氣！我們現在就開工吧！別再浪費時間了。」

姆米家的訪客從屋裡紛紛爬出來。他們靜靜的佇立在一旁，茫然看著亨姆廉先生。

「他不繼續吹法國號了嗎？」鱈塞美小聲的問旁邊的人。

亨姆廉先生聽見了她的問題，爽朗的說：「小女孩，什麼時間就該做什麼事。現在是蓋房子的時間！」

不久大夥兒都開始幫忙，準備在姆米爸爸的菸草田上蓋起一棟圓頂小屋。至於亨姆廉先生，則是自己一個人跑去河裡游泳。有些冷得發抖的小傢伙，在一旁不可思議的看著他。

姆米托魯馬上卯足了勁衝到浴場更衣室。

「杜滴滴！」姆米托魯大喊：「有一個亨姆廉突然跑來……說要在我家蓋一棟圓頂小屋，然後住下來。而且他正在河裡洗澡！」

「噢，那個亨姆廉來了嗎？」杜滴滴表情認真的說：「接下來大家可要不得安寧囉！」杜滴滴說完，將手中的釣魚竿擱置一旁，跟著姆米托魯回去姆米家。

他們在路上遇見了興奮不已的米妮。「你們有沒有看見那個他腳下的玩意兒？」米妮激動的大喊：「那種東西叫作滑雪板，我一定也要玩玩滑雪

板！」

圓頂小屋不一會兒就完成了。雖然姆米家的訪客都卯足全力幫忙蓋房子，但是他們也不時以充滿渴望的眼光偷瞄姆米家的果醬地窖。亨姆廉先生此刻正在河邊做體操。「寒冷的天氣真是太美妙了！」他開心的說：「比起其他季節，冬天總是讓我覺得最舒適暢快。你們要不要也在早餐之前先游個泳呢？」

姆米托魯看著亨姆廉先生身上的毛衣，上面有著黑色與檸檬黃的鋸齒狀花紋。他一邊思考，不禁感到困惑：雖然他真的好希望能夠在這個孤寂的冬天裡認識一位不神祕也不躲藏、個性開朗又可以真實出現在他面前的新朋友，就像這位亨姆廉先生一樣！但不知道為什麼，他就是無法喜歡他。

姆米托魯覺得自己和亨姆廉先生之間好像有一道難以跨越的鴻溝，似乎比起那個躲在廚房流理台底下、憤怒又無法溝通的小傢伙更加陌生。

一想到這兒，姆米托魯不禁無助的望著杜滴滴。但是杜滴滴正噘著嘴巴，挑著眉毛，低頭看著自己的手套。從這個小動作看來，杜滴滴也不喜歡亨姆廉先生。於是姆米托魯轉向亨姆廉先生，以一種故作親切、掩飾真心的口吻說：「喜歡冷水的感覺，一定很不錯吧？」

「我愛冷水。」亨姆廉先生目光炯炯的看著姆米托魯，「只要泡進冷水裡，我就可以把所有不重要的雜念與想像全部趕出腦袋！相信我，人生最糟糕的事，就是每天待在家裡動也不動的坐著！」

「喔？」姆米托魯敷衍了一句。

「沒錯，因為每天坐在家裡，只會讓你胡思亂想！」亨姆廉先生說：「對了，請問這裡什麼時候供應早餐？」

「等我先釣到魚再說吧。」杜滴滴不悅的回答。

「我不吃魚。」亨姆廉先生說：「我只吃蔬菜和水果。」

「那麼蔓越莓果醬呢？」姆米托魯滿心期待的問。因為姆米家的訪客都不太愛吃那一大罐黏呼呼的蔓越莓果醬。

沒想到亨姆廉先生卻回答：「我不吃蔓越莓果醬。我喜歡草莓果醬。」

早餐結束後，亨姆廉先生踩上滑雪板，前往附近最高的山坡，準備從山頂上一路滑下來，途中還會經過山邊的洞穴。姆米家的訪客全都聚集在山腳下觀賞。對於亨姆廉先生怪異的舉動，訪客也不知道自己應該懷著什麼樣的想法，只是充滿好奇，費勁的走過雪地來到山腳下。由於這天的天氣非常寒冷，大家三不五時就得擦鼻涕。

亨姆廉先生現在終於從山頂上滑下來了，看起來相當可怕。當亨姆廉先生來到半山腰時，突然緊急轉彎，往另一個方向滑去，滑雪板在他身後刷起漫天飛舞的雪花。這時他大叫一聲，又轉回原來的路徑。亨姆廉先生就這樣不斷左彎右拐，變換著滑行路徑。他身上那件黑黃相間的毛衣更是讓大夥兒眼花撩亂。

姆米托魯不禁閉上雙眼，心想：「這個世界上真是什麼樣的人都有！」

米妮也站在山頂上，發出喜悅與羨慕的尖叫聲。她打破木桶，將木片安裝在靴子底下。

「現在輪到我上場囉！」米妮大聲宣告著，毫不遲疑的往山下直直滑去。姆米托魯緊張的遮住一邊眼睛，用另一隻眼睛偷瞄米妮能否順利滑行。只見米妮臉上滿是快樂的自信，她的雙腳則像釘住一樣，穩穩的踏在滑雪板上。

姆米托魯突然感到相當驕傲。儘管米妮滑雪的速度足以跌斷脖子，她卻一點都不害怕。米妮原本差點撞上松樹，但她只是晃了一下，馬上又穩住身子，大笑著衝向姆米托魯身旁的雪堆。

「她是我的老朋友。」姆米托魯向站在他身旁的菲力強克小姐解釋。

「是喔！」菲力強克小姐不以為然的回答：「話說回來，我們什麼時候可以吃點心？」

這時亨姆廉先生已經脫掉腳下的滑雪板，朝著姆米托魯的方向走來。亨姆廉先生的鼻子因為友善與熱情顯得閃閃發光。「姆米托魯，我來教你滑雪！」他說。

「我不想學。謝謝你的好意。」姆米托魯小聲的婉拒，往後退了幾步。他轉頭想找杜滴滴，但是杜滴滴已經離開了，也許是去釣魚。

「滑雪最重要的就是保持冷靜。」亨姆廉先生語帶鼓舞的說，為他穿上滑雪板。

「可是我真的不想學……」姆米托魯可憐兮兮的說。

站在一旁的米妮以輕蔑的眼神看著他。

「唉，好吧！」姆米托魯絕望的說：「但不要太高的坡。」

「不會，不會！你只要滑到木橋那兒就可以了。」亨姆廉先生說：「記得膝蓋要微微彎曲，身體往前傾，兩隻腳下的滑雪板不要分得太開。另外，記得背部打直，雙手貼緊身體。我剛才說的這些重點，你記得住嗎？」

「完全沒辦法。」姆米托魯回答。

姆米托魯覺得有人在他背上輕輕推了一下，他閉緊雙眼滑了出去。姆米托魯雙腳下的滑雪板一開始就分得很開，過了一會兒，兩塊滑雪板又緊緊靠攏，與手裡的滑雪杖交纏在一起。一陣混

亂之後，姆米托魯最終以相當怪異的姿態躺在雪地上。

圍觀的訪客紛紛發出歡呼。

「最重要的是耐心！」亨姆廉先生表示：「沒有關係，你再試一次看看！」

「我的腳一直在發抖。」姆米托魯小聲的對亨姆廉先生說。比起獨自一人熬過漫漫寒冬，現在這種情況讓姆米托魯更難忍受。原本他殷殷期盼的太陽，此刻也直接照耀在姆米谷中，無情的凸顯出姆米托魯的糗樣。

不遠處的木橋看起來就像在催促姆米托魯，要他快點爬上小山丘再滑下來。他伸出一隻腳，試圖保持平衡，另一隻腳繼續往前滑行。圍觀的訪客發出歡呼，他們似乎終於找到了人生的樂趣。

對姆米托魯而言，他已經搞不清楚哪裡是往上、哪裡是往下了。所有的一切彷彿全都消失，這個世界只剩下白茫茫的積雪，以及他悲慘又不幸的命運。

到了最後，姆米托魯整個人掛在河邊的柳樹上，尾巴垂在冷冰冰的河水中。河水裡除了有滑雪板與滑雪杖之外，還映照著他狼狽的影像。

「不要喪失鬥志！」亨姆廉先生好心的為姆米托魯打氣，「下一次就會成功了！」

可惜不會有下一次了！因為姆米托魯不想再嘗試。沒錯，姆米托魯完全沒有再試一次的鬥志。然而，在很久以後，他經常會想像自己嘗試第三次的畫面。他認為如果真的滑了第三次，一定會成功。他會以優美而俐落的姿態滑出曲線完美的轉彎，並順利抵達木橋。他會身手矯捷的停下來，轉過身對觀眾投以微笑，所有的觀眾都會崇拜的呼喊他的名字。不過姆米托魯終究沒有再嘗試。

相反的，姆米托魯說：「我要回家了！你就盡情滑雪吧，但是我要回家了。」

姆米托魯不看任何人一眼，直接鑽進他之前挖出的

雪中隧道，回到姆米家溫暖的客廳，躲進角落裡那張舊搖椅下方的被窩。

即便他縮在被窩裡，還是可以聽見亨姆廉先生在山頂上的呼喊聲。姆米托魯忍不住探頭進大壁爐裡，小聲的說：「我真的不喜歡亨姆廉先生！」

躲在大壁爐裡的老祖宗對著姆米托魯抖落一些煤灰，也許是想表達他的同情。姆米托魯在大壁爐裡拾起一塊煤炭，安靜的在沙發背面畫圖。他畫了一個亨姆廉頭下腳上埋進雪堆裡的蠢樣。沒有人知道，姆米托魯已經將一大罐草莓果醬藏進了大壁爐裡。

*

接下來的一整個星期，杜滴滴每天都帶著釣竿坐在冰層底下釣魚。綠色的冰層底下不只她一人，她的身旁坐著一整排姆米家的訪客，他們手中也都拿著釣竿專心釣魚。躲到冰層下釣魚的訪客都不喜歡亨姆廉先生。漸漸的，願意整天待在姆米家的人，都是那些沒有主見、不在乎亨姆廉先生做些什麼的傢伙，以及不敢抗議亨姆廉先生言行的膽小鬼。

每天一大清早，亨姆廉先生會從姆米家那個缺了玻璃的窗口探頭到室內，拿著熊熊火把吵醒大家。亨姆廉先生非常喜歡火把與營火，也覺得大家一定會喜歡。沒錯，在這個寒冷的冬季裡，誰不喜歡這兩種東西？但是亨姆廉先生選錯了時間，他不應該一大清早就帶著火把去姆米家，畢竟大家都還在睡覺。

姆米家的訪客都非常喜歡漫長而慵懶的上午時光，大夥兒不急著展開一天的行程。他們可以輕輕鬆鬆討論前一晚的夢境，同時聆聽著姆米托魯在廚房裡烹煮咖

啡的聲音，既溫馨又安詳。

然而，自以為是的亨姆廉先生卻破壞了一切。他總是一進門就開始批評姆米家的客廳通風不良，還告訴大家外面冰冷的空氣是多麼新鮮。

接下來，亨姆廉先生又會滔滔不絕的講述該如何運用這美好的一天。他竭盡所能的想出有趣的娛樂與大家分享，即使大家對他提出的建議顯得興趣缺缺，他也不覺得失落，反而只會輕拍那些訪客的背，笑著說：「沒關係，沒關係。你們以後就會明白我的建議非常正確。」

只有米妮喜歡跟著亨姆廉先生到處跑。完全不藏私的亨姆廉先生將他各種精湛的滑雪技巧全部傳授給了米妮，讓米妮在滑雪方面進步神速。

「米妮小姐，妳一定天生就有滑雪的好基因！」亨姆廉先生讚美米妮：「再過不久，妳一定能夠滑得比我還要好！」

「那正是我的目標！」米妮當然毫不客氣的回答。不過，當米妮從亨姆廉先生那裡學到所有的滑雪本領之後，她馬上就消失不見了。她跑到一個只有自己知悉的小山上去滑雪，再也不理亨姆廉先生。

時間一天天過去，越來越多人躲到冰層下方釣魚。到了最後，外面的雪地上只剩下亨姆廉先生獨自一人的身影。他黑黃相間的毛衣是覆蓋白雪的山邊僅見的色彩。

姆米家的訪客不想被捲入新奇和麻煩的事件，他們只喜歡圍坐在一起回想快樂的舊日時光，討論冰雪女王出現之前那段豐衣足食的好日子。他們彼此分享當時如何裝飾家園，以及親朋好友的各種趣聞。當然他們也不忘抱怨，自從冰雪女王出現之後，周遭的一切就變得悲慘不已。

他們齊聚在小火爐前，耐心傾聽別人分享的故事，有禮貌的等候自己發言的機會。

姆米托魯看見大家都不願意接近亨姆廉先生，忍不住開始思考對策。「我必須趁亨姆廉先生發現自己被大家討厭之前，先騙他離開這兒，以免他得知真相後心中受到傷害。」姆米托魯心想：「而且，最好是在他吃光所有的果醬之前。」

但是，要想出一個具說服力又圓融的理由，真的不太容易。

亨姆廉先生有時候會一路滑到海邊，鼓勵抱歉狗走出浴場更衣室和他一起滑雪，但是抱歉狗對於雪橇遊戲或滑雪跳躍都沒有太大興趣，他只喜歡整晚坐在屋外對著月亮長嗥。因此白天的時候，抱歉狗寧可自己一個人呼呼大睡，也不希望別人來打擾他。

直到有一天，亨姆廉先生將滑雪杖插在雪中，對著抱歉狗苦苦哀求說：「難道你看不出來嗎？我真的非常喜歡小狗，一直期望自己能夠擁有一隻愛我的小狗。你為什麼不願意陪我一起玩呢？」

「我也說不上來。」抱歉狗羞紅了臉，小聲回答亨姆廉先生。抱歉狗總是一有機會就躲

回浴場更衣室，繼續做他那些與野狼有關的美夢。

抱歉狗一心只想加入狼群。他認為，如果能夠和野狼一起狩獵，跟隨他們四處遨遊，和他們做相同的事，或者聽從他們的命令去做各種事情，一定會幸福無比。隨著時間經過，他將會慢慢改變，變得像野狼一樣自由自在且狂野強悍。

每天晚上，當月光在窗玻璃的冰霜上閃閃發亮時，抱歉狗就會在浴場更衣室裡醒來，坐起身子傾聽遠方的狼嗥。每天晚上，他都會拉低頭上的羊毛帽，躡手躡腳的溜到屋外。

抱歉狗每次都走相同的路徑，先行經斜斜的海岸，再走進森林裡。他持續往前走，直到樹林漸漸稀疏，變成一片開闊的空地，甚至能夠直接看見寂寞山。抱歉狗會在空曠的雪地坐下來，等待狼群繼續發出嗥叫。淒厲的狼嗥有時候從遠處傳來，有時候聽起來就在近處，但是無論狼群身在何方，抱歉狗每個晚上都會坐著傾聽他們的嗥叫聲。

每次只要抱歉狗聽見狼嗥，就會馬上仰頭對著天空長嘯，回應他的狼群兄弟。

等到清晨來臨，抱歉狗又會溜回浴場更衣室，躲進櫥櫃裡睡覺。

有一次，杜滴滴看著抱歉狗說：「你每天都這麼做，根本不可能忘掉狼群。」

「我一點都不想忘記他們。」抱歉狗回答杜滴滴：「我要一直想著他們。」

＊

最讓大家感到驚訝的一件事，就是膽子最小的鱈塞美竟然深深喜歡上亨姆廉先生。身形嬌小的鱈塞美非常喜愛聆聽亨姆廉先生吹奏法國號的樂聲，但令人遺憾的是，體型高大的亨姆廉先生總是不停忙著各種瑣事，從來不曾發現她的心意。

無論鱈塞美跑得多快，踩著滑雪板的亨姆廉先生總是來去匆匆，將她遠遠拋在身後。每當鱈塞美聽見亨姆廉先生開始吹奏法國號，她就會馬上跑到亨姆廉先生身旁，可惜等到好不容易抵達時，他已經吹完曲子，轉身準備去做其他事。

有好幾次，鱈塞美試圖對亨姆廉先生表達她的愛慕之意，但鱈塞美實在太害羞也太過拘泥於禮儀，加上亨姆廉先生向來不是一個好聽眾，因此總是希望落空。

總而言之，他們之間始終沒說上話。

有一天晚上，鱈塞美從海泡石小火車裡醒來。她一直住在海泡石小火車的後車廂。事實上，那並不是一個適合睡覺的好地方，因為小火車是姆米家客廳裡的擺飾品，而姆米媽媽習慣將一些鈕釦和安全別針放在小火車的車廂內。內向又有禮貌的鱈塞美當然不可能隨隨便便移開那些小東西。

鱈塞美在黑暗中張開眼睛，聽見姆米托魯和杜滴滴在舊搖椅底下竊竊私語。她一聽就立刻明白，姆米托魯和杜滴滴正在討論她最心儀的亨姆廉先生。

「我的忍耐已經到了極限！」杜滴滴的聲音從黑暗中傳來：「我們必須設法重回

原本平靜的日子。自從那個傢伙開始到處亂吹法國號，喜歡音樂的隱形老鼠就不願意再吹奏直笛了，而我大部分的隱形朋友也選擇離開這個地方。你家的訪客也變得緊張兮兮，就算再冷也寧可跑到冰層底下枯坐一整天。抱歉狗更是白天都躲在櫥櫃裡，直到夜晚才肯出來。我們一定要派人告訴亨姆廉先生，請他馬上離開這個地方。」

「我才不想做這種事！」姆米托魯表示：「他還以為大家都喜歡他！」

「那麼我們只好騙他囉？」杜滴滴說：「我們可以告訴他，寂寞山的山坡比這裡的還要高、還要棒！」

「可是寂寞山上根本沒有適合滑雪的地方

啊！」姆米托魯說：「那裡只有深邃的峽谷和多樹的峭壁，甚至連積雪也沒有！」

鱈塞美聽見姆米托魯所說的話，不但緊張得全身發抖，淚水也瞬間占據了她的眼眶。

這時杜滴滴又對姆米托魯表示：「亨姆廉家族的人總是能夠克服萬難啦！不然，難道你認為讓他知道我們每個人都討厭他，會是比較好的選擇嗎？你可要仔細考慮清楚！」

「不能由妳告訴他嗎？」姆米托魯可憐兮兮的請求杜滴滴。

「他住在你家的院子裡。」杜滴滴的語氣相當堅持：「請你鼓起勇氣去做，這樣大家接下來的日子才會比較好過，他自己也是。」

杜滴滴說完，客廳又恢復了原本的寧靜，而杜滴滴也從窗戶爬出姆米家。

鱈塞美躺在海泡石小火車的車廂後座，睜著大眼睛望向四周圍的黑暗。她憂心忡忡的想著：他們打算趕走亨姆廉先生和他的法國號！他們希望他從山上跌入萬丈深淵！鱈塞美知道這個時候她必須立刻去做一件事：她得去提醒亨姆廉先生，千萬不要去寂寞山滑雪。同時，她還要十分謹慎，不能讓亨姆廉先生知道姆米谷的人都希望他離開。

鱈塞美整個晚上都因為苦思對策而難以入眠。其實她的小腦袋瓜並不習慣思考這麼重大的事情，因此清晨來臨的時候，她已經累到昏睡過去。鱈塞美這麼一睡，不但沒喝到早上的咖啡，就連晚餐也錯過了。不過，誰也沒發現她沒和大家一起用餐。

*

吃完早餐之後，姆米托魯獨自一人爬上滑雪坡。

「你好啊！」亨姆廉先生一看見姆米托魯，立刻大聲打招呼：「真高興能夠在這裡看見你。我可不可以教你一個非常簡單的轉彎技巧？絕對沒有任何危險性。」

「謝謝你，但是我今天不想學。」姆米托魯婉拒了亨姆廉先生的好意，心裡覺得很過意不去，「我來這裡是想找你聊聊天。」

「那太好了，我喜歡聊天！」亨姆廉先生說：「我發現你們這裡的人好像都不太喜歡聊天。每次我一靠近，你們總是顯得十分忙碌，不然就是慌慌張張的走開。」

姆米托魯偷偷瞄了亨姆廉先生一眼。亨姆廉先生看起來就像平常一般開心愉快，臉上充滿光彩。於是姆米托魯做了一次深呼吸後，對亨姆廉先生說：「有人告訴我，寂寞山那邊有一些相當不錯的小山，那些山坡非常適合滑雪。」

「真的嗎？」亨姆廉先生說。

「沒錯！超級棒的滑雪坡！」姆米托魯繼續緊張的胡扯：「還有非常罕見的急升坡與急降坡！」

「我一定要去挑戰看看！」亨姆廉先生說：「只是，寂寞山距離這裡很遠。如果我真的到那邊去滑雪，今年春天我們就沒有辦法再見面了。這麼一來，不就非常可惜了嗎？」

「你說得沒錯！」姆米托魯違背真心的回答。他的臉脹得通紅。

「不過，這主意真不錯！」亨姆廉先生開始想像自己在寂寞山滑雪的英姿，「在那種地方滑雪才算是真正體驗野外生活，夜晚可以燃燒營火野宿，早上能前往挑戰不同的山峰！狹長的深谷斜坡和無人踩過的雪地，全都任憑我俐落的急衝而過……」

亨姆廉先生完全陷入自己的白日夢中。過了一會兒，他以感激的口吻對姆米托魯說：「你這麼關心我對滑雪的喜好，真是非常棒的朋友。」

姆米托魯望向他，忍不住脫口而出：「可是，寂寞山的山坡非常危險耶！」

「對我而言，一點也不。」亨姆廉先生沉穩的表示：「謝謝你這麼好心，還特別費心警告我安全問題。我真的很喜歡登山，越高的山越好！」

「但是那些山根本無法滑雪！」姆米托魯大喊，他現在反倒焦急了起來，「那裡只有陡峭的斷崖，而且陡峭到無法堆積冬雪！我剛才告訴你的是錯的，剛才真的說錯了！我現在突然想起來，有人告訴過我，寂寞山上根本不可能滑雪。」

「你確定嗎？」亨姆廉先生一臉懷疑的問。

「你一定得相信我！」姆米托魯哀求：「拜託，請你留在這裡和我們在一起吧！我已經打算好好學滑雪……」

「真的嗎？你想學滑雪了？」亨姆廉先生開心的說：「你真的希望我留在這裡的

話，我就不去挑戰寂寞山了。」

與亨姆廉先生結束對話之後，姆米托魯整個人心煩意亂，不想回家。他走到海邊，先沿著海岸慢慢行走，又在浴場更衣室外面繞了一大圈。

走著走著，他的心情變得越來越輕鬆，最後幾乎開心的想要放聲大叫，他甚至吹起口哨，還一邊踢著地上從白雪凝結成的冰塊。他踢冰塊的技術相當不錯！這時，天空開始飄起雪來。

這是跨入新年之後的第一場雪！從沒看過下雪景象的姆米托魯非常驚喜。

雪花一片片飄落在姆米托魯溫暖的鼻子上，隨即融化。姆米托魯用手接捧一小堆從天而降的白雪，忍不住讚嘆雪花的美麗。他抬起頭仰望天空，看著滿天奇妙的白雪直直飄落在他身上，而且越來越多。沒想到雪花的觸感這麼柔軟，比鳥兒的羽毛還要輕盈。

「原來雪是從天上飄下來的啊！」姆米托魯默默想著：「我還以為是直接從地上長出來的呢！」

氣候好像變溫暖了。眼前除了不斷飄落的細雪之外，什麼也看不到。姆米托魯此刻的興奮之情如同夏天時在淺水池裡游泳那樣暢快。只見他脫掉身上的藍色浴袍，朝著雪堆飛撲而去，還將頭深深埋進積雪中。

「原來冬天也可以是這種樣子！」姆米托魯心想：「看來冬天好像也沒有那麼討人厭，說不定我會喜歡冬天！」

＊

黃昏時刻，鱈塞美在不安中醒過來。她覺得自己好像錯過了什麼，接著才想起

昨晚聽見的那段與亨姆廉先生有關的對話。

鱈塞美從櫃子上先跳到椅子，接著再跳到地板。姆米家的客廳裡空無一人，大家都到浴場更衣室吃晚餐了。鱈塞美激動得而哽咽，急忙爬上窗台，穿過雪堆通道往外跑去。

屋外沒有月光，也沒有北極光，什麼都沒有，只有不斷飄落的雪花持續落在鱈塞美的臉龐與衣服上，阻礙著她前進的腳步。鱈塞美好不容易才抵達亨姆廉先生的圓頂小屋，她往屋裡一瞧，發現裡面漆黑一片。

這一幕讓她心慌不已，無法就這樣在圓頂小屋等待亨姆廉先生回來，於是轉身往大風雪中奔去。

鱈塞美在大風雪中呼喊著亨姆廉先生，但是她的聲音實在太微弱了，就像蒙在厚重的羽毛被裡說話。而她小小的足跡也迅速被大雪掩蓋，轉瞬間就消失無蹤。

到了晚上，大風雪終於停了。

感覺就好像拉開了眼前的窗簾，冰天雪地的景象再度變得清晰。但是，遠方仍有一片深藍色的雲層遮擋住日升日落的海平線。

姆米托魯靜靜看著，奇妙但充滿威脅性的天氣變化一步步逼近。天空在轉眼間又變回陰暗，由於姆米托魯從來沒有見識過大風雪，他還以為是大雷雨即將來襲，連忙蹲下身、雙手抱住頭，以阻擋可怕的雷聲。

然而，黑漆漆的天空並沒有雷聲大作，也不見駭人的閃電。

海岸旁的雪堆上方突然颳起小小的旋風，將白色的雪花捲入空中。

凍結的海面冰層上則吹起猛烈的強風，一會兒往前

吹，一會兒又向後吹，並且在海岸邊的樹林間呼嘯。深藍色的雲層越來越高，風也漸漸變強。

突然之間，像是一扇隱形大門被風吹開，也彷彿黑暗的夜空打了大大的哈欠，潮濕的飛雪頓時漫天飛舞，覆蓋了所有事物。

雪花不再從天空緩緩飄落，而是沿著地面直撲，發出怒吼並推擠著他，宛如活生生的猛獸。

姆米托魯失去了平衡，還被風吹得翻了筋斗。白雪瞬間塞滿了姆米托魯的耳朵，讓姆米托魯感到萬分恐懼。

時間和世界彷彿都靜止了。姆米托魯所能感受的各種事物、能看見的一切，似乎全都被狂風吹走，只剩下旋轉不停的濕雪和永不結束的黑夜。

其實，任何一個具備基本常識的人都知道，這種大風雪是漫漫冬季正式告終，溫暖春天即將登場的徵兆。

但是海邊只有迷惘又害怕的姆米托魯一人，沒有人能為他解惑。姆米托魯趴在雪地上抵抗著強風，朝著錯誤的方向匍匐前進。

他吃力的往前爬行，風雪蒙住了他的雙眼，還在鼻子上堆出一座積雪。姆米托魯開始相信，這一切肯定是冬天在捉弄他，目的是為了給姆米托魯一點顏色瞧瞧。

冬天一開始先以緩緩飄落的雪花編織出簾幕，等到姆米托魯喜歡上冬天的美好之後，再拿美麗的雪花狠狠砸在他的臉上。

姆米托魯越想越生氣。

他奮力站起身來，對著狂風大聲

叫罵，還朝著暴雪胡亂揮拳，但沒有人聽見他的聲音，他忍不住啜泣起來。

最後，姆米托魯累了。

他轉過身，不再繼續對抗這場大風雪。

這時姆米托魯才突然發現：吹在他身上的風是溫暖的。這陣風將他慢慢推向四處飛舞的白雪中，讓他覺得自己彷彿變得輕盈，簡直就像是要凌空飛起一般。

「我變成空氣了，我變成風了，我和大風雪融為一體了！」姆米托魯心想。於是他全身放鬆，任憑強風推著他往前走，「這種感覺就像去年夏天一樣！一開始，我費盡力氣和海浪對抗，但後來我轉過身放鬆身體，像個軟木塞一樣順著海浪而行，還可以欣賞到由浪花泡沫所激出的小彩虹，最後帶著小小的驚嚇和笑聲被沖回沙灘上。」

姆米托魯展開雙臂，讓此刻的強風帶領他飛翔。

「你嚇不倒我了！」姆米托魯開心的想著：「我現在比你聰明。在了解你之後，我覺得即使與其他事物相比，你也不算太壞。從今以後，你再也沒有辦法捉弄我了！」

姆米托魯就這樣與冬天的大風雪共舞，一路沿著積雪的海岸緩緩前進。不知不覺中，他走過積滿白雪的碼頭，來到一個大雪堆前方，抬頭一看，發現雪堆中隱約透出模糊但溫暖的燈光。原來，這是被風雪掩埋的浴場更衣室。

「我得救了！」姆米托魯對自己說，覺得有一點掃興，「真是太可惜了。正當我不再害怕，準備開始好好享受的時候，偏偏就這樣結束了。」

姆米托魯打開浴場更衣室的門，馬上有一股溫烘烘的氣流從室內衝向外面的大風雪中。在一片朦朧的霧氣裡，姆米托魯發現浴場更衣室擠滿了人。

「有人回來了！」裡面有人興奮的大喊。

「還有誰還沒回來？」姆米托魯問大家，一面擦乾臉。

「鱈塞美那個小傢伙在大風雪裡迷路了！」杜滴滴一臉嚴肅的回答。

一杯熱呼呼的果汁騰空而來，慢慢的飄到姆米托魯面前。「謝謝！」姆米托魯向隱形老鼠道謝，之後才說：「我從來不知道鱈塞美會出門！」

「我們也想不透這一點。」一位最年長的霍姆伯接話：「總而言之，除非大風雪停止，否則我們沒有辦法出去找她。她現在可能在任何地方，說不定早就掩埋在雪堆裡了。」

「亨姆廉先生到哪裡去了？」姆米托魯問。

「他不顧危險，自己跑到外面去尋找鱈塞美了。」杜滴滴回答後，突然露齒而笑，補上一句：「看來你已經和亨姆廉先生談過寂寞山的事情了？」

「妳為什麼要提起那件事？」姆米托魯緊張的問。

杜滴滴臉上的笑容變得更明顯了。「我想，你一定很擅長說服別人。」杜滴滴說：「亨姆廉先生告訴我們，寂寞山上沒有辦法滑雪，而且他很高興我們每個人都這麼喜歡他。」

「我那時只是想對他說……」姆米托魯急著辯解。

「你別緊張啦！」杜滴滴說：「或許我們大家已經開始喜歡上亨姆廉先生了！」

＊

也許亨姆廉先生真的是一個粗枝大葉的傢伙，也許他完全不在意身旁的人對事物有什麼樣的想法，但是他對於氣味的敏銳度卻遠比抱歉狗還要靈光（抱歉狗總是滿腦子情緒化的想法，以致減低了他對氣味的感知）。

亨姆廉先生在姆米家的閣樓找到兩支老舊的網球拍，將它們改造成雪靴，此刻，他正踩著網球拍在大風雪中沉穩的走著。他彎著腰，鼻子貼近地面，試圖聞出小小的鱈塞美在雪地裡殘留的氣味。

途中，他不經意的往他的圓頂小屋瞥視一眼，沒想到那裡卻傳來鱈塞美的味道。

「真是奇怪！那個小女孩竟然曾經到圓頂小屋來找我！」心地善良的亨姆廉先生思考著：「我真不明白……」突然間，亨姆廉先生隱約想起了一些和鱈塞美有關的回憶。小小的鱈塞美好像曾經試圖對他說些什麼話，最後因為太過害羞，始終沒能說出口。

亨姆廉先生在大風雪中邊走邊想，往事在他的內心深處一幕幕重新上演。他想起鱈塞美在滑雪坡的底部等待他……也想起鱈塞美曾沿著他滑雪板留下的痕跡行走……鱈塞美還將鼻尖貼在法國號上……這個時候，吃驚的亨姆廉先生才終於想通：「我必須承認，我對那個小女孩真是太不友善了！」可惜他的良心並未因此而隱隱刺痛，因為亨姆廉家族不常如此。不過，此時的亨姆廉先生更有興趣找出鱈塞美的下落了。

亨姆廉先生雙膝跪下，在雪地上爬行前進。他邊爬邊聞，這樣才不會錯過鱈塞美留下的任何氣味。氣味的路徑歪歪斜斜延展，不斷在原地打轉，這正是小動物在受到驚嚇導致腦袋不清楚時會有的舉動。鱈塞美甚至還經過木橋下方，不顧危險的走到河邊，又回頭往小山的方向走去。她只爬行了一小段距離，氣味就突然消失了。

亨姆廉先生站在雪地中思考了一會兒。

接著，他開始刨挖厚厚的積雪，挖了好長一段時間，最後終於觸碰到一個溫暖的小東西。

「不用害怕。」亨姆廉先生溫柔的說：「我來救妳了。」

亨姆廉先生輕輕捧起身形嬌小的鱈塞美，將她安放在自己的襯衫與法蘭絨背心之間，隨即站起身子。他蹣跚的踩著積雪，一步步往浴場更衣室的方向前進。

在回程的路上，亨姆廉先生幾乎忘了躺在他胸前的鱈塞美，因為他心裡只想著快點回浴場更衣室暢飲一杯熱騰騰的果汁或開水。

＊

隔天是星期天，大風雪已經停止，天氣變

得溫暖而多雲。外面的積雪大約到達人們耳朵的高度。

姆米谷變得不太一樣，看起來就像是位於另一個時空的祕境。到處都是大量的積雪，有的堆出圓滾滾的造型，有的堆出有如刀刃般美麗的曲線。森林裡每一棵樹的樹枝都像戴上了白色的雪帽，宛如某個充滿想像力的糕點師傅，將樹木妝點成大型的蛋糕。

姆米家的訪客頭一次全體一起走到屋外的雪地上，展開精采有趣的雪球大戰。姆米家的果醬差不多快吃光了，而每個人在吃了果醬後都變得充滿活力。

亨姆廉先生坐在柴房的屋頂上吹著他的法國號，嬌小的鱈塞美則坐在亨姆廉先生身邊開心的聆聽著。亨姆廉先生吹奏的曲子是他最喜歡的〈國王的亨姆廉之歌〉，他甚至還自行添加了一些獨特的變奏，讓旋律聽起來更加氣勢恢弘。演奏結束後，亨姆廉先生走到姆米托魯身旁說：「我要告訴你一件事，希望你聽了之後不要生氣。無論最後的結果如何，我都下定決心要去寂寞山一趟。明年冬天我會回到這個地方，並且指導你滑雪。」

「可是我已經告訴過你……」姆米托魯焦急的說。

「我知道！我知道！」亨姆廉先生打斷姆米托魯的話，「你之前說的其實也沒錯，因為經歷過這場大風雪之後，寂寞山上的積雪一定變得更壯觀。你想想看，那裡的空氣一定比這兒還新鮮！」

姆米托魯連忙將視線轉向杜滴滴，向她求救。

杜滴滴微微點頭，她的

表情彷彿告訴姆米托魯：「讓亨姆廉先生去吧！所有問題都解決了，這是最好的結果。」

於是姆米托魯回到屋內，走到大壁爐前，打開壁爐的風門。他先以一種類似暗號的聲音輕輕呼喚他的老祖宗，聽起來就像「提歐，提歐」，但住在大壁爐裡的老祖宗沒有任何回應。

「我太疏忽老祖宗了！」姆米托魯在心裡自責著：「但是，最近發生的事情，真的要比一千年前還來得有趣許多。」

姆米托魯從大壁爐裡拿出一大瓶草莓果醬，用煤炭在果醬瓶的紙蓋上寫下：「送給我親愛的老朋友亨姆廉先生。」

*

當天晚上，抱歉狗費盡千辛萬苦，在雪地中花了整整一個小時，才終於抵達那片屬於他的嗥叫之地。他總是坐在同一處地方，使得那個位置漸漸被壓出一塊窪地，越來越深。如今，他簡直就像是坐進一個雪堆中的小凹谷。

遠方白雪覆蓋的寂寞山，在抱歉狗眼前閃耀著皎潔的光芒。今晚雖然沒有月亮，滿天的星星卻顯得格外明亮。遠方傳來一陣陣雪崩的聲響，抱歉狗就這樣靜靜坐著，等著狼群出現。

他等了好久。

抱歉狗想像一群又大又壯的灰狼在雪地上奔馳著，但只要他們一聽見抱歉狗在森林邊緣發出嗥叫，聲音就會停下來。

或許他們還會想著：「大家快聽！那是我們的兄弟。他可以加入我們……」

這些想像讓抱歉狗無比興奮，帶他離現實越來越遠。在等待的時間，抱歉狗腦海中的畫面越來越天馬行空，他想像狼群出現在附近的山上，往這邊飛奔而來……狼群友善的對他搖尾巴……不過，抱歉狗突然也想起一件事：現實世界的野狼並不會搖尾巴。

其實，搖不搖尾巴並不重要，重要的是狼群朝著他飛奔而來。他們很久以前就注意到抱歉狗的嗥叫聲……決定要邀請抱歉狗一起行動……

抱歉狗此時完全沉醉在自己逼真的想像世界裡。於是他抬起頭，對著滿天的星星發出一聲長嗥。

野狼回應了他的嗥叫聲。

沒想到狼群就在附近！抱歉狗突然有點害怕。他狼狽的想要找個洞躲起來，但是太遲了。一雙接一雙黃澄澄的眼睛突然出現在抱歉狗的周圍，在黑暗中閃閃發光。

狼群不發一語，只是靜靜圍成一個圓圈，慢慢向他逼近。

抱歉狗搖搖尾巴，發出友善的嗚咽聲，但是狼群沒有回應他。於是他脫下羊毛帽拋向天空，表示自己只想和狼群玩耍，並沒有任何敵意。

誰知狼群根本連看都不看羊毛帽一眼。這時抱歉狗才驚覺自己犯下一個天大的錯誤：狼群根本不是他的好兄弟，不可能和他開心的玩樂。

抱歉狗知道自己馬上就要被吞進肚裡

了，或許他還有一點時間可以悔恨自己愚蠢的行徑。於是他停止了習慣性的搖尾動作，心裡不斷痛罵自己：「這一切真的太遺憾了！我原本可以每天晚上好好睡覺的，偏偏卻像個大笨蛋一樣，夜晚總是枯坐在寒風中，一心渴望和可怕的野狼在一起……」

狼群慢慢走向抱歉狗，越靠越近。

就在這個緊張時刻，突然有一陣響亮的法國號樂聲傳遍整座森林。刺耳的聲響力道十足，甚至震落樹枝上的積雪，野狼黃澄澄的眼睛緊張的瞇了起來。危機瞬間化解，狼群識相的跑開，留下抱歉狗和掉落在他身旁的羊毛帽。穿著巨大雪鞋的亨姆廉先生一步一步的從山腳下爬到山頂上。

「小狗兒，你竟然坐在這裡！」亨姆廉先生說：「你該不會是在這裡等我吧？是不是等了很久啊？」

「不是。」抱歉狗誠實的回答。

「積雪到了今晚就會結冰變硬囉！」亨姆廉先生開心的說：「等我們抵達寂寞山的時候，可以一起享用保溫瓶裡的熱牛奶！」

亨姆廉先生說完就繼續往前走，沒有回頭看抱歉狗一眼。

抱歉狗默默跟在亨姆廉先生的身後，心裡覺得，這才是他應該做的事。

第六章

春天來了

春天的第一場大風雪為姆米谷帶來了改變，讓姆米谷再度活躍起來。姆米家的客人越來越想家，於是他們陸續在深夜裡踏上歸程。積雪在夜晚時分會凝結成冰，路面也變得比較容易行走，有些人甚至事先打造了滑雪板。每位客人在離開姆米家的時候，都帶走一小罐果醬作為紀念品，大夥兒就這樣分光了姆米家最後的蔓越莓果醬。

當最後一位客人從小河上的木橋離開後，姆米家的果醬地窖變得空無一物，什麼也不剩了。

「現在又只剩下我們了！」杜滴滴對姆米托魯說：「剩下你、我和米妮。那些神祕的動物全都躲起來，要等到明年冬天才會再次現身。」

「那個頭上長著銀色犄角的傢伙，我後來一直沒有機會再見到他。」姆米托魯表示：「還有小腿細長、在冰上滑來滑去的傢伙，以及眼睛大大、一身漆黑、在營火上方飛舞的傢伙，我後來也都沒有機會再遇見他們。」

「他們都是只會在冬季裡活動的動物。」杜滴滴說：「現在已經是春天了，你難道沒有察覺嗎？」

姆米托魯搖搖頭。「冬天才剛結束，我還感受不到春天的氛圍。」

杜滴滴將紅帽子的內裡往外翻，露出原本隱藏在裡頭的淺藍色。「每一年我只要嗅到春天的氣息，就會把帽子翻面。」杜滴滴說完後坐在井邊，開始唱起歌來：

我是杜滴滴
我已經把帽子翻了面！
我是杜滴滴
我已經嗅到溫暖的春風！
春天的大風雪越來越接近！
雪崩的聲音隆隆作響！
偉大的地球旋轉著
這些日子萬物都不停變化

大家也將脫去身上的羊毛衣。

有一天傍晚，姆米托魯正要從浴場更衣室走回家。他在小徑上停下腳步，豎起了耳朵用心傾聽。

那是一個多雲而溫暖的夜晚，四處充滿著各種活動的聲響。樹上的積雪早已落盡，姆米托魯彷彿聽見了樹木在黑夜裡伸展枝葉的聲音。

強勁的春風從遙遠的南邊吹來，姆米托魯可以聽見風聲穿過樹林，經過他的身邊，再往姆米谷而去。

融雪化成的水滴從樹梢落在髒兮兮的雪地上。姆米托魯揚起鼻子，嗅著四周的氣味。

這一定就是來自大地的微弱香氣。他繼續往前走，心中明白杜滴滴之前的說法是對的，春天確實已經來臨了。

這幾個星期以來，姆米托魯頭一次走到姆米爸爸和姆米媽媽的床前，仔細的注視著他們。他也提著燈走到司諾克小姐的身旁，凝望她熟睡的臉龐。在燈光的映照下，司諾克小姐的劉海閃閃發亮，顯得甜美動人。她起床後，一定會馬上跑到衣櫃旁，找出她翠綠色的春天小帽。

姆米托魯把燈放在壁爐架上，環顧著客廳裡的一切。他眼前的畫面實在慘不忍睹，客廳裡的家具和物品有些送了出去，有些則是被借走了，甚至有客人在無意間順手拿走了一些。

至於剩下的東西也擺放得雜亂不堪。廚房的洗碗槽裡堆滿尚未清洗的碗盤。地下室的中央暖爐沒有繼續添加煤炭，爐火早已熄滅殆盡。果醬地窖變得空空如也，窗戶上的玻璃破了一塊。

姆米托魯陷入了沉思。他聽見屋頂上融化的積雪沿著屋簷滑落到地面上，發出巨大的聲響。南側的窗戶原本被堆得高高的積雪完全遮蔽，現在卻看得見窗外多雲的天空了。

他走到大門口試著推推看，沒想到還真的動了，於是他站穩身子，以腳抵住地毯，雙手使盡全力推門。

慢慢的，大門以及門外的大片積雪被他推開了一小道縫隙。

姆米托魯繼續推著，最後終於打開大門，讓它在黑夜裡敞開著。

一陣強風直接吹進客廳，將灰塵從水晶吊燈的白色紗罩上吹落，也吹得大壁爐裡的灰燼到處飛揚。貼在牆壁上的描摹畫不停晃動，其中一幅畫甚至掉落，隨風飛去。

屋子裡充滿黑夜與冷杉的氣息。姆米托魯心想：「這種感覺太棒了！偶爾讓家裡透透氣果然是正確的！」他走到屋外，站在石階上看著略帶濕氣的夜色。

「現在我一切都體驗過了！」姆米托魯對自己說：「我完整體驗了一年四季，包括寒冷的冬天。我是第一個清醒過完一整年的姆米！」

*

確實，這個冬季歷險的故事應該在此結束才對。現在已經是進入春天的第一個夜晚，溫暖的春風也吹進姆米家，一切都應該在這個美好的時刻畫下句點，好讓讀者自

Tove

行想像，接下來還會有什麼樣的發展。但是我覺得這麼做好像不太對。

因為大家可能會很好奇：當姆米媽媽醒來後看見家裡亂糟糟的，會說些什麼？老祖宗是不是從此之後就能安住在大壁爐裡？司那夫金會不會在故事結束前回到姆米谷來？失去保暖大紙箱的米寶姊姊，之後又怎麼了？浴場更衣室在春天恢復使用之後，杜滴滴要搬到哪兒去住？以及其他許多事情……

我想，還是繼續說完故事比較恰當。

尤其海面上冰層融解是充滿戲劇性的大事，一定要告訴大家。

＊

接下來一個月的變化讓人感到不可思議。白天有明亮晴朗的陽光、逐漸融化消失的冰柱、溫暖的春風，以及氣流順暢的藍色天空。夜晚卻又變得寒冷，未融盡的殘雪再度結冰，還有令人目眩的月色。姆米托魯每天都懷著既期待又驕傲的心情，在姆米谷裡探索每一個角落。

雖然春天已經來臨，卻和姆米托魯想像中的不太一樣。姆米托魯一直以為春天可以將他從奇怪又可惡的冬季中拯救出來，但是此刻他所面對的春天，卻是一種新體驗的延續，他克服的難關都成了自己的一部分。

他希望春天可以長長久久，才能夠無限延續心中快樂與充滿期待的感受。每天早上，姆米托魯幾乎要擔心他的家人將從冬眠中醒來。姆米托魯在家裡走動時會格外謹慎，避免碰撞到客廳裡的任何物品，以免吵醒大家。每天一大清早，姆米托魯就會跑到山谷中呼吸新鮮的空氣，觀察每一天不同的新變化。

柴房南邊的地面上，大地的土壤再度露面。白樺樹的樹梢也顯現出一抹淡紅，但必須站在遠處才看得出來。暖烘烘的陽光照射在雪堆上，雪堆變得脆弱且布滿凹洞，看起來就像蜂窩一樣。海面上的冰層顏色越來越深，幾乎可以直接透視到冰面下的海洋。

米妮還是一天到晚出去溜冰，她的溜冰鞋已經從瓶蓋變成廚房用的刀具，她將刀刃朝下，緊緊繫在鞋子底部。

姆米托魯不時瞧見米妮的溜冰鞋在冰面上畫出的八字型刀痕，但是幾乎沒有機會看見米妮本人。米妮有一種自得其樂的天賦，無論她對春天有什麼樣的想法，她從來不覺得需要與別人分享或討論。

杜滴滴在浴場更衣室裡進行了一次春季大掃除。她將每面紅色與綠色的窗玻璃都擦得乾乾淨淨，這樣夏天時就可以清楚看見窗外的景致。她還將櫃子裡所有的浴袍都拿出來晒太陽，也試著修補那個亨姆廉造型的游泳圈。

「浴場更衣室又變回原本的模樣了。」杜滴滴對姆米托魯說：「等到炎熱又充滿綠意的夏季來臨時，你們可以躺在碼頭溫暖的木板道上，聆聽海浪翻騰的聲音……」

「為什麼妳在冬天的時候不用這種友善的口吻對我說話？」姆米托魯忍不住說：「如果妳那時候像現在一樣親切，我心裡一定會覺得好過一些！我還記得，當初我對妳說：『這裡曾經有很多蘋果』時，妳只是冷冷的丟回

一句：『現在這裡有很多雪。』當時我心裡很難過，妳不知道嗎？」

杜滴滴聳聳肩。「每個人都應該自己去了解周遭的環境，」她回答姆米托魯：「獨自克服所有的困難。」

太陽一天比一天更加溫暖了。陽光的熱力將冰層融出許多小洞與裂縫，可以看見底下起伏翻騰的海水。

在海平線的那一頭，強勁的暴風正不斷形成，並且徘徊不去。

每天晚上，姆米托魯靜靜的躺在床上，聆聽沉睡中的姆米家牆壁裡發出的各種聲響。

老祖宗非常安靜，關上了大壁爐的風門。或許老祖宗又退回到一千年前的狀態了。通風調節器的拉繩，包括拉

繩上的流蘇與刺繡，全都被塞進了大壁爐和牆壁之間的裂縫中。

「老祖宗肯定很喜歡這些東西。」姆米托魯心想。他現在已經不睡在堆放羊毛線的籃子裡，而是回到自己的床上。每天早上，照射進姆米家的陽光越來越耀眼，將客廳裡的蜘蛛網和灰塵都照得清清楚楚。姆米托魯將體積較大的垃圾或灰塵倒到陽台外面，但是體積較小的灰塵，他就任憑它們四處飛揚。

到了下午時分，南面窗戶旁的院子就會變得非常溫暖。在微微突起的泥土底下，各種植物的球莖正努力長出新芽，細小的根毛也拚命吸收融化的雪水。

在一個起風的黃昏前夕，海面上傳來了一聲巨響。

「時候到了。」杜滴滴放下她手中的茶杯，「春天的砲

聲開始響起咯！」

海面上的冰層陸續突起，接連不斷的巨響也持續傳來。

姆米托魯好奇的跑出浴場更衣室，專心傾聽隨風而來的響聲。

「你看，海水漲潮了。」站在姆米托魯身後的杜滴滴說。

遠處的海面上湧現一波波浪潮，巨浪看起來既凶狠又飢餓，大口大口吞噬海面上的冰層。

冰面上出現的黑色裂縫不斷延伸，往四面八方散去，最後消失在看不見的遠方。又一波海浪湧起，持續在冰面上造出新的裂痕，不斷的擴散。

「我想，某人恐怕得趕緊回到岸上來才安全。」杜滴滴表示。

還在冰層上溜冰的米妮當然也注意到海水的變化，但是她實在捨不得馬上回到岸邊，她想親眼看看海水破冰而出的壯觀場面。於是她溜到冰層的最外緣，並且在冰面上得意的留下八字型的痕跡。

之後她轉過身，以最快的速度溜過持續碎裂的冰層。一開始，冰面上的裂縫還很細微，不過米妮知道要在上面滑行其實非常危險。

破裂的冰層凹陷又隆起，然後再次下沉。海水擠破冰層的爆裂聲隆隆作響，既像節慶時的禮砲，也像摧毀敵軍的戰砲，讓米妮興奮得渾身顫抖。

「希望那幾個傻瓜不要跑過來救我。」米妮心想：「如果他們傻傻的衝過來，一切就毀了。」米妮全力往前衝刺，幾乎就快磨斷她腳下的冰刀。但無論她溜得多麼快，海岸依舊在遙遠的另一端。

此刻，冰面上有些裂縫已經大如河流，洶湧的波浪不斷從裂縫間翻打到冰層上。

不到一會兒的時間，海面上就像布滿了搖搖晃晃的小冰岩，不停的相互碰撞。米妮站在其中一個小冰岩上，注視著無限延伸的海面，她一點都不害怕，反而想著：

「哇！這真是太過癮了！」

姆米托魯衝往米妮的方向，杜滴滴則先觀望了一會兒，才轉身回到浴場更衣室裡，將一壺水放在爐子上煮沸。「又來了！又來了！」杜滴滴心裡嘀咕著，忍不住輕嘆一聲：「這些人老是這個樣子！忙著救人和被別人救。除了誇耀那些英勇救人的英雄之外，希望將來也會有人寫書讚揚默默替英雄燒開水暖身子的人。」

姆米托魯朝著米妮飛奔而去時，腳下的冰層也出現了裂縫，這些裂縫延伸的速度和他飛奔的速度一樣快。

冰層突然間高高突起，一眨眼就破裂成許多小小的冰岩，在姆米托魯腳下劇烈搖晃著。

米妮穩穩的站在一塊小冰岩上，看姆米托魯在冰面上像顆皮球似的不停跳躍。姆米托魯因為既興奮又緊張，兩個眼睛睜得又大又圓。最後，他終於來到米妮的身邊。米妮伸出雙手：「把我放在你的頭上。萬一你遭遇任何意外，我可以馬上從你的頭上跳開。」

於是，米妮坐在姆米托魯的頭上，雙手分別緊緊抓住姆米托魯的兩個耳朵，大聲喊著：「海岸前進部隊！出發！」

姆米托魯迅速往浴場更衣室看了一眼。浴場更衣室的煙囪正冒出一陣陣輕煙，但是沒有任何人站在碼頭上關心姆米托魯的安危。他突然對於自己的行動感到遲疑，雙腳也因為失落而無比沉重。

「我們出發吧！」米妮大聲說。

姆米托魯只好開始移動。他咬緊牙關，顫抖的雙腳在碎冰岩上跳著，每當他從一塊小冰岩跳到另一塊時，冰冷的海水就會潑濺到他的肚皮上。

海面上的冰層已經完全碎裂了，海浪就像跳著活潑的華爾滋，一波接一波的向著海岸襲去。

「你必須要有節奏感才行。」米妮指揮著姆米托魯的腳步，「又有一波海浪來了……你可以在腳底下感覺到……快跳！」

當海浪將一塊小冰岩沖到姆米托魯的腳下時，他正好乖乖的依照米妮的指令往上一跳。「一、二、三！一、二、三！」米妮數著華爾滋的節拍，「一、二、三，先等一下！一、二、三，跳起來！」

姆米托魯兩腿發軟，肚子也冷得像冰塊一樣。紅色的夕陽突然間畫破了烏雲密布的天空，照射在浮冰與海面上。海浪反射著陽光，刺痛了姆米托魯的雙眼。姆米托魯覺得背部被陽光晒得好熱，但是肚子還是冷得要命，而這個殘酷無情的冰冷世界，彷彿在他的眼前不停的團團轉。

杜滴滴從浴場更衣室的窗口關注著姆米托魯和米妮的狀況，她看得出來姆米托魯的處境越來越艱困。

「我真是太傻了！」杜滴滴自言自語著：「姆米托魯一定不知道我其實一直在這裡關心他的安危……」

杜滴滴衝出了浴場更衣室，跑到碼頭上放聲大喊：「姆米托魯，你跳得很好！加油！」

但已經太遲了。

覺得自己一直孤軍奮戰的姆米托魯，在最後一跳時終於失去力氣，整個人掉進了冷冰冰的海水裡。海水淹到他的耳際，海面上的碎冰岩也不斷撞擊著他的頸後。

米妮這時早已放開了姆米托魯的耳朵，一口氣跳到岸上。生活中總是有像米妮一樣機靈的人。

「快抓住我的手！」杜滴滴趕緊朝著姆米托魯伸出手。她趴在姆米媽媽的洗衣板上，注視著腦袋陷入一片空白的姆米托魯。

「快！你可以的！加油！」杜滴滴不斷鼓勵著，最後終於將他拉到結了冰的海岸邊。姆米托魯虛弱的爬上位於海邊的大石頭，他說：

「妳根本不關心我的死活！」

「我從頭到尾都在窗邊看著你們。」杜滴滴回答。看見姆米托魯狼狽的模樣，她擔心的說：「你最好趕快到浴場更衣室裡取暖。」

「我不要！我要回家了！」姆米托魯說完，跌跌撞撞的走開。

「喝一些熱果汁吧！」杜滴滴在姆米托魯身後提醒著：「快點喝一些熱飲，才不會感冒！」

由於積雪開始融化，小路變得濕答答的。姆米托魯腳底踩過樹根與松葉，他全身冰冷得不停發抖，雙腿軟趴趴的沒有力氣，宛如橡皮一樣。

突然有一隻小松鼠從他面前跳了過去，但姆米托魯一時之間沒有看清楚對方的長相。

「祝福你有個愉快的春天！」小松鼠心不在焉的對姆米托魯說。

「謝謝你。」姆米托魯回應了一聲，繼續往前走去。但是他忽然又停下腳步，目不轉睛的盯著那隻小松鼠，他蓬鬆亮麗的尾巴，在夕陽下閃耀著紅色光芒。

「你是不是那隻擁有『最漂亮尾巴』的小松鼠？」姆米托魯緩緩的問。

「沒錯，就是我！」小松鼠說。

「真的是你嗎？」姆米托魯激動的大喊：「就是你本人嗎？你真的就是那隻遇上冰雪女王的小松鼠？」

「我不記得了耶！」小松鼠回答：「你知道嗎？我的腦袋不是很靈光，很多事情都記不得。」

「請你試著回想一下好嗎？」姆米托魯哀求道：「難道你連那個用羊毛線堆成的舒適床墊也忘了嗎？」

小松鼠搔搔自己的左耳。「我記得很多床

墊啊！」他回答：「有羊毛線的床墊，還有各式各樣填充物的床墊。但是用羊毛線堆成的床墊最舒服！」

小松鼠說完之後，便蹦蹦跳跳進了樹林裡。

「我一定要調查清楚這件事情！」姆米托魯心想：「但是我現在實在太冷了，必須趕快回家……」

他打了一個大噴嚏。這是姆米托魯這輩子第一次重感冒。

地下室的中央暖爐已經熄滅，姆米家的客廳變得相當寒冷。

姆米托魯伸出顫抖的雙手，拉了好幾張毯子蓋住肚子，但他還是覺得好冷。他不僅雙腿痠痛，連喉嚨也刺痛不已。姆米托魯突然覺得活著很辛苦，他的鼻子有種奇怪的感覺，好像變得非常沉重。當他想要捲起凍僵的尾巴時，忍不住又打了一次噴嚏。

就在這個時候，姆米媽媽醒了。

姆米媽媽冬眠的時候，即便冰層碎裂時發出震耳欲聾的聲響，或是大風雪不斷的呼嘯狂吹，對她的睡眠都未造成任何影響。即便住進姆米家的客人吵鬧不休，或是家裡的鬧鐘三不五時就會鈴聲大作，也無法將姆米媽媽從睡夢中吵醒。

但是，此刻她卻突然睜開了雙眼，完全清醒的望著天花板。

姆米媽媽從床上坐起身來，轉頭對姆米托魯說：「姆米托魯，你感冒囉！」

「媽媽！」姆米托魯的牙齒持續打顫，說話時也不停發抖，「我覺得那隻小松鼠就是遇上冰雪女王的小松鼠！一定是他沒錯！」

姆米媽媽二話不說走進廚房，為姆米托魯熱一碗果汁。

「大家都不肯洗碗，廚房的流理台上都是髒碗盤！」姆米托魯可憐兮兮的告訴姆米媽媽。

「沒關係。」姆米媽媽安慰姆米托魯：「別擔心，我會搞定一切。」

姆米媽媽從垃圾桶後面找出幾根柴火，再從祕密櫥櫃裡拿出一瓶紅醋栗果汁、藥粉，以及一條法蘭絨圍巾。

姆米媽媽在一鍋沸水放入砂糖與生薑，以及一顆擱在櫃架最上方、藏在茶壺保溫套後面的老檸檬，調製出一種非常有效的感冒藥。

廚房櫃架上的茶壺保溫套早已不見蹤影，茶壺也不翼而飛，但是姆米媽媽根本沒發現，因為她正全神貫注的調製著感冒藥。最後為了慎重起見，姆米媽媽還在感冒藥煮好時念了一小段咒語，這段咒語是她的祖母教她的。之後，姆米媽媽便端著熱騰騰的感冒藥回到客廳，對姆米托魯說：「趁熱喝掉這碗感冒藥吧！」

姆米托魯一喝下感冒藥，頓時感覺到一股溫熱的暖流進了他

的肚子。「媽媽！」姆米托魯對姆米媽媽說：「我有好多事情要告訴妳……」

「你先好好睡一覺再說！」姆米媽媽表示，還在姆米托魯的脖子圍上法蘭絨圍巾。

「那我先說其中一件就好！」姆米托魯立刻感到睡意襲來，「請妳答應我，絕對不可以在大壁爐裡生火，因為我們的老祖宗住在裡面。」

「好的，我一定不會在大壁爐裡生火。」姆米媽媽一口答應。

這下子，全身溫暖舒暢的姆米托魯才終於平靜許多，還有一種卸下重擔的輕鬆感。他輕輕嘆了一口氣，將鼻子埋進枕頭中，沉沉進入夢鄉，把惱人的一切都拋諸九霄雲外。

＊

姆米媽媽坐在陽台上，藉著放大鏡聚焦陽光來燃燒一段底片。底片冒出白煙之後開始燃燒，並且發出一種強烈的氣味，刺激著姆米媽媽的嗅覺。

由於陽光非常強烈，陽台潮濕的階梯散發出熱騰騰的蒸氣。不過，太陽照不到的陰影處依舊冷冰冰。

「春天來臨時，我們應該要提早從冬眠中甦醒才對。」姆米媽媽說。

「妳說得沒錯！」杜滴滴說：「姆米托魯還在睡覺嗎？」

姆米媽媽點點頭。

「姆米媽媽，妳應該看看姆米托魯在冰原上跳躍的模樣！」米妮大聲說：「而且一整個冬天，他大概有一半的時間都只是坐著抱怨，一面在牆壁上貼描摹畫！」

「我知道，我看見那些畫了。」姆米媽媽表示：「他一定覺得相當寂寞吧？」

「後來，他還找出了你們的老祖宗。」米妮繼續說著。

「等他睡醒之後，讓他自己告訴我這些故事吧！」姆米媽媽說：「我知道，在我冬眠期間，發生了許多事情。」

姆米媽媽的底片燒盡，陽光透過放大鏡的聚焦，還把陽台的地板燒出了一個黑色圓洞。

「明年春天，我一定要比其他人更早從冬眠中醒來。」姆米媽媽說：「能夠自己一個人獨處一段時間，做自己喜歡的事情，感覺真的太棒了！」

*

等到姆米托魯終於睜開眼睛時，他的喉嚨已經完全不痛了。

他發現姆米媽媽拿下了水晶吊燈上的紗罩，還為窗戶加裝了窗簾。客廳裡的家具都擺回原本的位置，窗子上的破玻璃也以厚紙板取代。姆米家的上上下下，都讓姆米媽媽打掃得一塵不染。

只有老祖宗屯放在大壁爐前的那堆廢物，仍然原封不動的堆在那裡。姆米媽媽在那堆東西上貼了一張紙條，上面以工整的字跡寫著：

請勿打擾

廚房裡傳來姆米媽媽忙著清洗碗盤的聲音。

「我是不是應該告訴媽媽，流理台底下住著一個怪傢伙？」姆米托魯思考著：「或者，我還是別告訴媽媽比較好……」他躺在床上，有點希望自己可以再多病一會兒，這樣姆米媽媽就會多照顧他一會兒。但是最後他想通了，由他來照顧姆米媽媽才是正確的決定。他隨即下床走進廚房，對姆米媽媽說：

「我帶妳去外面看看雪吧！」

於是姆米媽媽立刻放下手中的碗盤，跟著姆米托魯走到陽光普照的室外。

「剩下的雪已經不多了。」姆米托魯向姆米媽媽解釋：「妳真應該看看冬天時遍地白雪的樣子。積雪一路堆積到屋頂的高度，在雪地裡走路簡直寸步難行！妳知道嗎？下雪的時候，從天空中掉下來的雪花就好像一片又一片又小又冰冷的星星呢！在黑漆漆的天空裡，也彷彿飄著藍色和綠色的簾幕。」

「聽起來真美啊！」姆米媽媽說。

「對啊！假如妳沒有辦法在雪地裡行走，可以用滑行的！」姆米托魯接著表示：「那就叫作滑雪。滑雪的時候，人們會像閃電一樣快速的往前衝去，身後還會揚起一大片雪霧。滑雪時一定要看清楚前方的道路，否則就會摔得很慘！」

「銀盤該不會就是被你拿去滑雪了吧？」姆米媽媽問。

「不是啦！銀盤比較適合用來在冰上滑行。」姆米托魯小聲回答，有點不好意思。

「真的嗎？原來如此。」姆米媽媽瞇著眼睛看著太陽說道：「不得不說，生活中的種種真是不可思議啊！就拿銀盤來說，有人終其一生認定它只有一種用途，但事實上它在其他方面上也可以大放異采。另外，許多年來，大家總說我做那麼多果醬是自找麻煩，誰知道那些果醬竟然會在短短的時間內全被吃光！」

姆米托魯羞紅了臉。「米妮是不是都告訴妳了……」他小聲的問姆米媽媽。

「是啊！」姆米媽媽回答：「多虧有你幫我招呼客人，否則我可要因為待客不周而蒙羞了。你知道嗎？我覺得家裡根本不需要太多地毯或是零星的小玩意兒。少了那些東西，家裡反而更通風，打掃起來也更方便。」

姆米媽媽說完便抓起一把雪，捏成一顆小雪球，再以媽媽們常用的笨拙方式往前丟。雪球沒有飛多遠就掉到地上了。

「我丟雪球的技術好差喔。」姆米媽媽笑著

說：「就連抱歉狗都可以丟得比我遠。」

「媽媽，我最愛妳了！」姆米托魯發自內心的說。

姆米托魯和姆米媽媽慢慢散步到木橋邊，木橋旁的信箱依然空蕩蕩的，還沒有任何人寫信來。夕陽在山谷間照出長長的影子，周遭的一切顯得寧靜又安詳。

姆米媽媽坐在木橋的欄杆上，溫柔的向姆米托魯說：「現在我想聽聽關於我們老祖宗的故事！」

第二天早上，姆米一家人全都在同一時間睜開眼睛。他們都是被最棒的方式喚醒：愉悅開心的手搖風琴聲。

杜滴滴站在姆米家滴著雪水的屋簷下，開心轉動著她的手搖風琴轉軸。她頭上戴著已經翻了面的藍色帽子，晴朗的天空和她的帽子一樣藍，而手搖風琴的金屬配件也在陽光下閃爍著耀眼的光芒。

米妮坐在杜滴滴身旁，有點自豪又有點困窘，因為她試著自己縫補保溫套，還用細沙磨亮銀盤，儘管這兩項成果都不算太出

色，但心意才是最重要的。

在稍遠的地方，米寶姊姊正睡眼惺忪的往姆米家走來，身後拖著一塊地毯，這塊地毯就是陪她度過寒冬的保暖物。

這一天，春天似乎決定捨棄詩情畫意的方式，只想以開開心心的面貌與大家見面。天空中飄著小巧的白雲，家家戶戶屋頂上的殘雪在溫暖的氣候中融化，形成小小的流水往四處流去，彷彿打算在這四月天裡盡情玩樂。

「我醒來了！」司諾克小姐以一種充滿期待的心情大聲宣告。姆米托魯聽見之後，馬上用自己的鼻子溫柔摩擦她的鼻子，並且對她說：「祝妳有一個愉快的春天。」姆米托魯獻

上祝福的同時，心裡也思考著是否能將自己在冬天的經歷告訴司諾克小姐，好讓她明瞭他的感受。

姆米托魯看著司諾克小姐跑到衣櫃前，拿出綠色的春天小帽。

他也看見姆米爸爸迫不及待的拿著測風儀和鏟子走到陽台。

杜滴滴還站在原地演奏著手搖風琴，溫暖的陽光灑在姆米谷中，彷彿在彌補冬天時對大夥兒的冷落。

「司那夫金今天一定會回來的！」姆米托魯心想：「今天正是適合他回到姆米谷的好日子！」

姆米托魯站在陽台上看著他的家人，大夥兒正滿懷喜悅的在庭院裡走來走去，一如他們每年從冬眠甦醒後的習慣。

姆米托魯的目光轉向杜滴滴，她正好演奏完一首華爾滋，臉上帶著笑容說：「浴場更衣室現在又空無一人了！」

「經歷過這次的冬天，我認為杜滴滴是唯一一個有資格繼續住在浴場更衣室的人。」姆米媽媽表示：「畢竟那間浴場更衣室對我們來說也是多餘的，想游泳的時候，隨便在海邊套上游泳褲就好了。」

「謝謝！」杜滴滴向姆米媽媽道謝：「我會好好考慮。」

杜滴滴抱著她的手搖風琴，走往山谷裡的其他人家，準備以音樂喚醒所有人。

這時，司諾克小姐發現了今年第一株破土而出的番紅花嫩芽。這株勇敢的小嫩芽剛從南側窗台下的泥土中探出頭來，甚至還沒有變成綠色。

「我們為它加個玻璃罩吧！」司諾克小姐建議：「如果夜裡降霜，我們就不必擔心它會被凍死。」

「不，千萬別這麼做！」姆米托魯說：「讓它靠著自己的力量生存下去吧！我相信，如果在惡劣的環境中生長，它反而會更加茁壯！」

姆米托魯突然間感到相當開心，開心到必須獨處一會兒，於是便轉身往柴房的方向走去。

等到姆米托魯確定大夥兒不會看見他時，他立刻開始狂奔，跑過布滿融雪的草地，享受陽光照射在他背上的暖意。姆米托魯之所以拚命奔跑，是因為他非常快樂，任何事都不需要煩心。

最後，他一路跑到海邊，越過了碼頭，直接跑進空無一人的浴場更衣室。

然後他就獨自坐在浴場更衣室的台階上，看著春天的海浪在他腳下來來回回拍打著海岸。

如果姆米托魯這時候用心傾聽，一定可以聽見從姆

米谷最遠的那頭傳來手搖風琴聲。

姆米托魯看著他腳下的海水，試著回想冬天時，海水冰層無限延伸至地平線陰暗處的畫面。

小麥田
故事館27

姆米的冬季探險
Trollvinter

作　　者　朵貝・楊笙（Tove Jansson）
譯　　者　李斯毅
封面設計　達　姆
責任編輯　丁　寧
校　　對　呂佳真

國際版權　吳玲緯　蔡傳宜
行　　銷　何維民　吳宇軒　陳欣岑
業　　務　李再星　陳紫晴　陳美燕　葉晉源
副總編輯　巫維珍
編輯總監　劉麗真
總 經 理　陳逸瑛
發 行 人　凃玉雲
出　　版　小麥田出版
10483台北市中山區民生東路二段141號5樓
電話：(02)2500-7696　傳真：(02)2500-1967
發　　行　英屬蓋曼群島商家庭傳媒股份有限公司
城邦分公司
10483台北市中山區民生東路二段141號11樓
網址：http://www.cite.com.tw
客服專線：(02)2500-7718｜2500-7719
24小時傳真專線：(02)2500-1990｜2500-1991
服務時間：週一至週五09:30-12:00｜13:30-17:00
劃撥帳號：19863813　　戶名：書虫股份有限公司
讀者服務信箱：service@readingclub.com.tw
香港發行所　城邦（香港）出版集團有限公司
香港灣仔駱克道193號東超商業中心1/F
電話：+852-2508-6231　傳真：+852-2578-9337
馬新發行所　城邦（馬新）出版集團 Cite (M) Sdn Bhd.
41-3, Jalan Radin Anum, Bandar Baru Sri Petaling,
57000 Kuala Lumpur, Malaysia.
電話：+6(03) 9056 3833　傳真：+6(03) 9057 6622
讀者服務信箱：services@cite.my
麥田部落格　http://ryefield.pixnet.net
印　　刷　前進彩藝有限公司
初　　版　2016年7月
初版六刷　2021年5月
售　　價　280元

ISBN 978-986-93214-4-0
Printed in Taiwan.

國家圖書館出版品預行編目資料

姆米的冬季探險／朵貝・楊笙（Tove Jansson）著；李斯毅譯. -- 初版. -- 臺北市：小麥田出版：家庭傳媒城邦分公司發行, 2016.07
面；　公分
譯自：Trollvinter
ISBN 978-986-93214-4-0（平裝）

881.159　　105008419